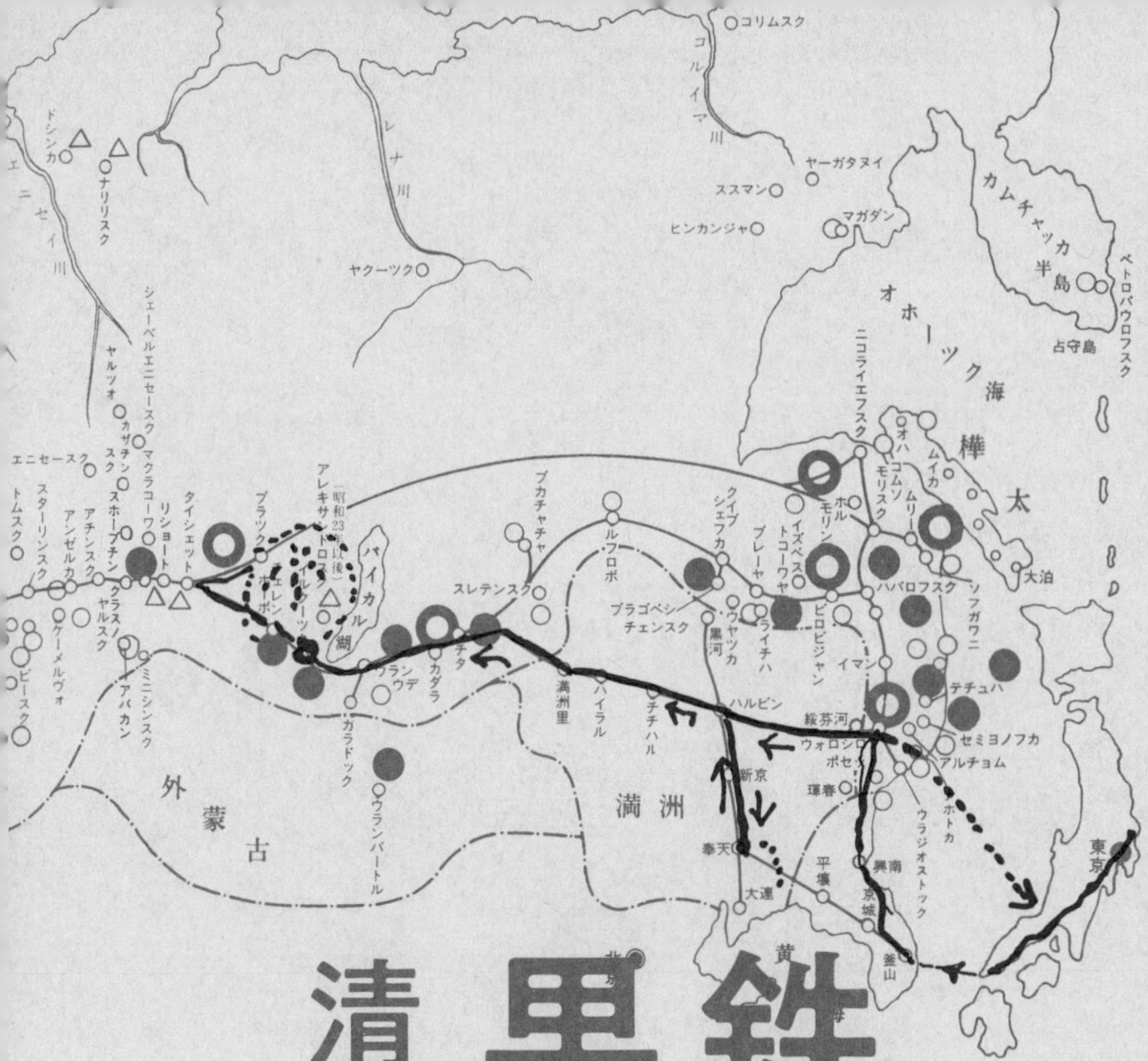

鉄路の果てに

清水潔

マガジンハウス

鉄路の果てに

倒木更新《とうぼくこうしん》　倒れし老木を礎にして、新たに若木は育っていく

目次

ブックデザイン　鈴木成一デザイン室

序章
赤い導線

3両編成の短い電車はステンレス製の車体を揺らせて発車していった。

足下にレールの踏面だけが輝きを見せている。かつて、私が通学や通勤に使っていた路線だ。当時は、目黒と蒲田を結ぶ目蒲線と呼ばれたが、今は途中で分断され名称も変わり都会の中のローカル線のようになった。

改札を抜けて駅前に出る。洋菓子店・ペコちゃんが立っていた不二家は消え、子供の頃から通った書店はとうの昔にシャッターを降ろした。歯抜けとなった商店街を進み、細い路地を折れるとグレーの外壁が見えてくる。合成パネルが張られた木造の二階建て。

私が生まれ育った家である。

鍵を廻して、玄関先で「ただいま」とつぶやくが、応じる者はない。廊下を歩けば薄暗い空間にただ床板が軋《きし》むだけだ。昭和30年頃に建てられて、父が自らで手を入れて大事に使ってきた家。

父は2013年の秋に亡くなった。

その後しばらくは母が一人で暮らしていたが、ある夜転倒して骨折。車椅子で生活できる施設に移った。その日以来、私の生家は都市部に増殖する空き家の仲間入りをした。当時と変わらぬ場所に食卓が置いてある。両親と兄の4人で囲んでテレビを見ては賑《にぎ》やかに過ごした場所だ。今は天板も椅子も冷え込み、たまにしか訪れない私によそよそしい。

当たり前と思っていた日常とは、とてももろい。

庭に面した南向きの場所には居間がある。二階を増築する前、まだ家が小さかった頃は全員で川の字で寝ていた。毎年新年を迎えたのもその部屋だ。写真好きだった父は、おせちを囲んで家族写真を撮ることを欠かさなかった。

ジッ——、カシャ。

三脚に載せたカメラ。そのセルフタイマーのゼンマイの音が今も聞こえてくるようだ。見慣れたはずの光景がなぜこんなに感傷的に映るのか。それは60年の役目を終えたこの家がまもなく解体されるからだ。引っ越しはせずに家財ごと一軒の家を畳む。それはかなりの時間と手間を要するだろう。

隣室にはかつて、写真現像のための暗室があった。父が部屋を改造して現像タンクや引き伸ばし機を揃えた。おかげで私は小学生の時から写真を撮影し、現像、プリントすることができた。写真を撮ることに技術が求められる時代だった。まさか手帳のように薄い電話兼カメラを誰もが持ち歩き、撮影して、その場から世界中へ送る時代が来ようとは、夢にも思っていない少年だった。

シャッタースピードと絞りを決める。カメラのファインダーを覗き、レンズのヘリコイドを廻してピントを合わせる。ブレないように指先でそっとシャッターボタンだけを押す。撮影結果は現像するまでわからない。暗室にこもり、赤色灯の下で現像液が満たされたバットに印画紙を差し入れる。傷を付けないように竹のピンセットで揺すれば、やがてゆらゆらと映像が浮かび上がってくる。友人や動物の姿、街のスナップ、蒸気機関車……、そんな作業に夢中になった。思えばあの頃父が教えてくれたことが、その後の私を形づくっていった。

増築した二階へとつづく廻り階段は急傾斜だ。風呂場の頭上を抜けていくのだが、二階に自室を持っていた父は倒れる少し前まで自力で昇り降りしていた。

日当たりがいいその部屋に入ると懐かしい匂いがした。父の本棚にはアルバムがずらりと並んでいる。これらの多くも処分せねばならない。思わず手に取って開いてみれば、元旦の記念写真が目に入った。カラーからモノクロームへと年代を遡っていける。兄や私の幼少期のもの、父と母が知り合った頃の写真も。

だが――、父の若い頃の写真は少ない。1948年（昭和23）以前の物はなく、戦後に作り直したらしい新しいアルバムの角に、僅かに2枚貼ってあるだけだ。学生帽を被った小学生の姿だった。

無口な父は自分の昔話はほとんどしなかった。大正生まれだから両親はとっくに他界し、兄弟は兄がひとりだけだ。私から見れば叔父にあたるその人もすでに鬼籍に入った。つまり父の過去を詳しく知る者はもういなかった。

病院のベッドの上で枯れ木のように痩せて逝った父の姿が甦《よみがえ》る。

激動の昭和を生き抜いたはずの父は、どんな人生を送ってきたのだろうか。

秋の斜光線がカーテンの隙間から延びて書棚の奥まで届いていた。細い光の先端が何冊もの本の中から茶色の背表紙の本を捉える。抜き取ってみると布張りの表紙に金色の文字で『シベリアの悪夢』とあった。表紙をめくると、そこに数枚のメモ用紙が貼り付けてあるではないか。10センチほどの紙片にびっしりと並んだ端正な文字は、父の筆跡だ。

私の軍隊生活
昭和17年5月千葉津田沼鉄道第二聯隊入
昭和17年11月旧朝鮮経由、満州牡丹江入
20年8月、ソ連軍侵攻

紙の隅には小さくこう記されていた。

だまされた

本の表紙裏には地図が印刷されている。日本列島からユーラシア大陸に向けて、赤いサ

インペンで導線が足されていた。それは父の昭和17年から23年までの足跡だった。いったい、いつ、これを書いたのだろう。

病室に横たわる今際《いまわ》の父に、戦争体験について質問を並べたことがあった。

「思い出したくないんだ」

少し苛立《いらだ》ったように言うと、腕を組んで天井の一点をじっと見つめた父。しかし、しばらくの沈黙の後でもう一度口を開いた。

日米開戦の翌年である1942年（昭和17）、父は陸軍に招集され鉄道聯隊という部隊に配属されたという。千葉県の聯隊施設で訓練を受けてから中国へ。すでに太平洋戦争が始まっていたわけだが、父が送り込まれたのは日中戦争だった。架橋に関わったりしながらしばらくハルビンに滞在。敗戦時にソ連の捕虜となってシベリアに抑留された。何もかもが凍る激しい寒さの中で、腐ったような味がする黒パンで命をつないだという。

「直径1メートルもある赤松を切り倒す仕事をやらされたんだ。二人一組でのこぎりで。木も凍る寒さの中だよ」

48年（昭和23）になってようやく舞鶴へ復員した。

ぽつりぽつりと思い出すように話してくれたのだが、記憶がおぼつかないところもあり、場所もはっきりとはしなかった。それでも私は少しだけ父の軍隊生活の様子を聞けたことでよしとした。それから1ヶ月後、秋風が吹き始めた頃に父は逝った。93歳は大往生といっていいのだろう。

だが、父が倒れる前からこの本は本棚にあったはずだ。生前にメモの存在に気がついていれば、もっと詳しく話を聞くことができたかもしれなかった。

記者という仕事柄、多くの人の話を聞いてきた。事件や事故の被害者、遺族、容疑者。誰もが口が重かった。己の不幸や悲しみ、失敗を自ら語りたがる人は少ない。けれど何かのきっかけで一気に言葉が溢《あふ》れ出すことがあった。誰かに、何かを話したい。聞いてもらいたい。そんな思いは多くの人の心底に眠っている。父のメモもそうだったのか。いつか誰かが発見することを想って書き遺したのだろうか……。

戦争に関わる取材は何度も経験してきた。

といっても、マスコミの多くがそうであるように、戦後50年、60年といった節目に過去を振り返るような企画物だ。沖縄戦、空襲、原爆……。その大半が被害者としての日本人の目線のものだった。不思議といえば不思議なのだが、日本が戦争へと突き進んだ道筋について深く考えたことはなかった。

なぜ、父はシベリアに送られ、戦後も帰ってこられなかったのか……。

知ろうとしないことは罪。

記者の私はこれまでそう信じて取材をしてきたのだけれど、肝心の肉親からはろくに話すらも聞いておらず、生き様も知らないという始末だった。

だまされた

父はいったい何を言いたかったのだろうか。

散逸寸前に見つけた数枚の走り書きと地図は何かの道標なのか。

東海道線に重なって動き出した赤い線は、生命を帯びたかのように紙の上を進んでいた。下関から対馬海峡を渡ると、朝鮮半島の釜山《プサン》から再び鉄道線上を進みソウルを経て大陸へ。中国のハルビンを抜け、その後はシベリア鉄道で遠くロシアのバイカル湖畔まで延びている。

朝鮮、満州、シベリア——。

西へ西へと鉄路をなぞっていく赤い導線。

父が遺したこの線を、私は辿ってみたくなった。

それが果たして「取材」なのか、何なのか。それはわからない。

それでも私はその旅に出ようと思った。

鉄路の果てに、いったい何が待っているのか。

1章
38度線の白昼夢

皿の上でまだ動いているテナガダコの足。

塩とごま油で味つけがされていて、タコには申し訳ないのだが思わず酒が進んでしまう。

ハングルが飛び交う市場。その片隅の屋台に陣取って我々は焼酎を呷《あお》っていた。

赤い線を辿る旅。

２０１９年1月。まずは、ここ韓国はソウルまでやってきた。

父の死からすでに5年と少しが経過していた……。

「こんな旅をしても、結局何もわかるはずないんだよな。いかんせん古い話すぎる……」

などと、ブツブツこぼしている私のグラスに、「まあまあそれで、いいじゃないですか、これは最高の旅になりますよ」と、焼酎《ソジュ》を注いでくれるのは友人の青木俊だ。

いや、今や何冊かの著書を世に送り出している小説家の先生である。かれこれ10年以上の付き合いとなった。

「いやー、韓国っていいですね。飯もうまいし、特にこのソジュ。私は気に入りましたよ」

緑色に透けた瓶を傾けて青木センセイはご機嫌だ。丸顔の鼻に載せたメガネをひょいと指で押し上げ、周りにぐるりと目を向けた。「韓国は二度目ですけどね。いやー、もうここは最高です」と、賑わう広蔵市場《クァンジャンシジャン》の雰囲気をいたく気に入ったようだった。

韓国に来る前は「ソウルは東京と似ていてつまらん」などと言っていたのだが、酒と飯がうまいとなれば１８０度変わるのは毎度のことだ。

万国旗が下がるアーケードの下に、店舗が軒を連ねる。通路には湯気を上げるおでん、チヂミや腸詰め、ビビンバの具材をボールに盛り上げた屋台がぎっしりと並んでいる。

センセイと私が腰を落ち着けているのは、刺身を出す小さな店だった。

氷の上に新鮮な魚や貝が並び、水槽のガラスにはテナガダコが張り付いている。所詮、屋外だから冷え込んでいるのだが、座った長椅子の座布団は電気で暖められていた。店主のハルモニ（おばあちゃん）は、50センチ四方の穴に身を収め、客に囲まれている。彼女はエゴマの葉にコチュジャンを塗って白身の刺身をぐるぐると包むと、それを青木センセイの口に突っ込んだ。他人の口にまで食べ物を運んでくれるのは韓国では最高のサービスだ。どうやら青木センセイはハルモニに気に入られたらしい。

「マシッソヨ（おいしい）」

覚えたての韓国語と突き出した親指で、青木センセイは喜びを伝えている。

赤い線を辿る旅というものの、残念ながら全てを忠実に追えるわけではない。なにしろ道程には、韓国と北朝鮮の間に横たわる38度線がある。

父が地図に残した赤い導線。

鉄道聯隊が置かれていた千葉県から東海道線、山陽線を経て、下関からは航路で朝鮮半島の釜山に渡っていた。当時、大陸への玄関口の一つだった釜山からは鉄道で半島をソウル（当時の京城）まで北上する。

私自身、過去に同じルートでソウルを訪れたことがあったので今回は空路で直接やってきた。赤い線はソウルからさらに北上しているが、我々は38度線の際まで行ってソウルに戻り、再び飛行機を使って中国のハルビンへと飛ぶ。そこからは鉄路を辿ってロシアへ向から計画だ。

出発するまで、それなりの量の資料に目を通した。鉄道聯隊や満州に関するもの。シベリア鉄道や、抑留された捕虜の手記、近代戦争史……。あまりに範囲が広く、目についたものだけでも膨大だった。それらをひっくり返しつつ自分で複合年表も作った。しかし知りたいことは容易には埋まらない。

鉄路の果てに、何が待っているのか。

市場の喧騒の中、私は数時間前の白昼夢を振り返る。

38度線——。

ソウルから約40キロ離れた北朝鮮との国境にいた。

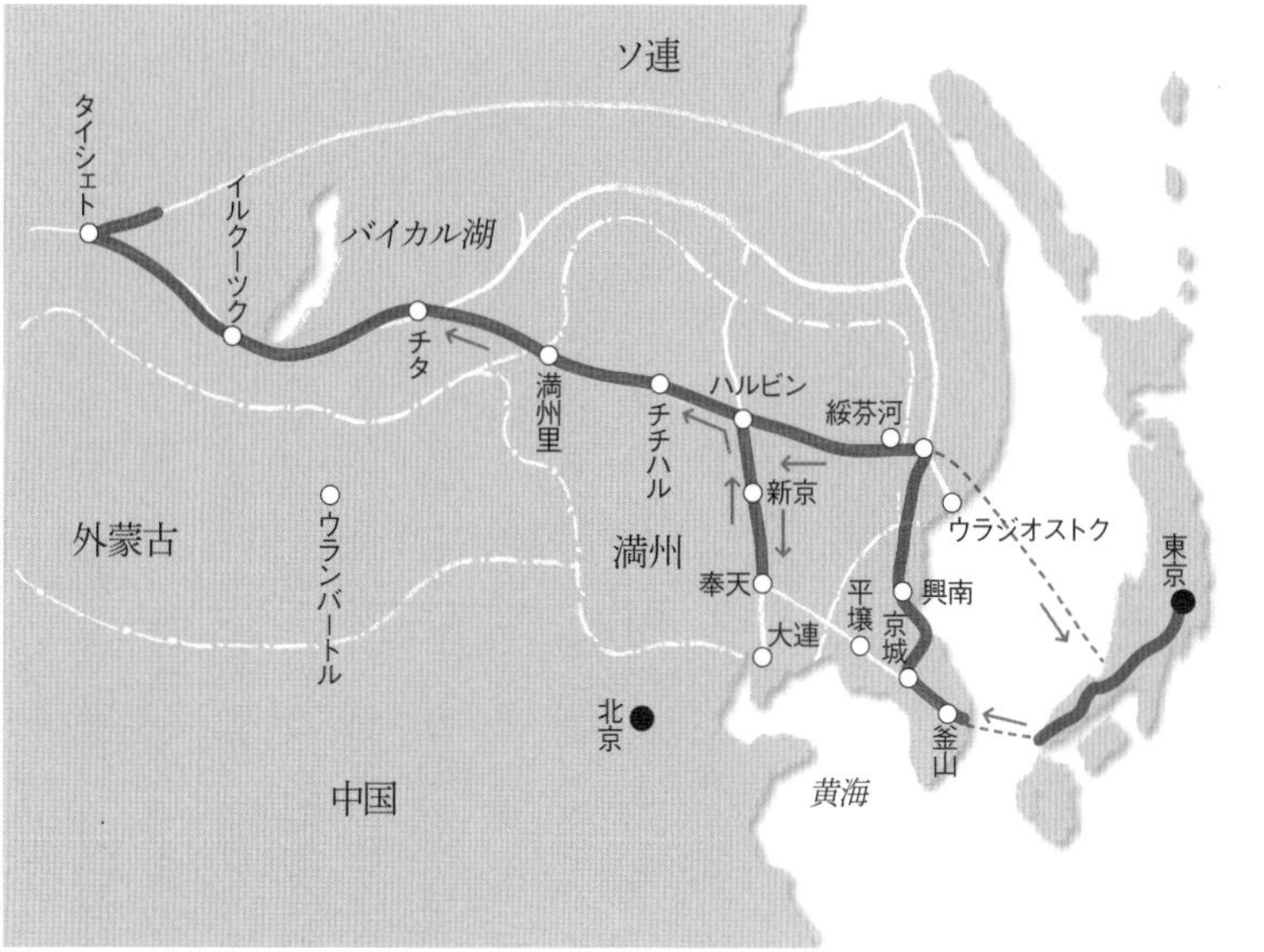

［地図1］父が残した赤い線の簡略図

冬枯れの臨津江《イムジンガン》には頬をかすめる冷たい風が吹いていた。私が立っていたのは川を見下ろせる展望台だ。目前にはぐるりと北朝鮮の青い山並みが連なっている。その麓には軍事境界線があるはずだった。

　臨津江には白いトラスブリッジが架かっている。京義《キョンウィ》線と呼ばれる鉄道の橋で、かつてはソウルと北朝鮮北部の都市・新義州《シニジュ》を結んでいた路線である。

　鉄橋の手前に蒸気機関車が鎮座していた。といっても真っ赤に錆《さ》びたスクラップだ。日本統治時代に作られた機関車で、朝鮮総督府鉄道のマテイ型10号というらしい。大きな動輪は割れ、ボイラーは無数の弾痕で蜂の巣のようだ。朝鮮戦争で受けた傷で満身創痍《そうい》の姿なのである。（本章扉写真）

　1950年12月31日、臨津江の先の長湍《チャンダン》駅付近で客車を牽《ひ》いて走っていたところ、アメリカ軍から攻撃を受けた。その日以来、京義線は38度線で切断されたままだ。

１９３３年（昭和８）製の〈全国鉄道地図〉というものを見れば、確かに長湍という駅があった。現在その場所は非武装地帯の一角となり廃駅となった。機関車の残骸だけが２００７年に韓国側に移動され２００９年より公開されているという。

今はひなびてしまったこの臨津江鉄橋を、国際列車が駆け抜けていた時代があった。

１９１３年（大正２）５月からのことで、京義線は朝鮮半島を経て中国、ロシアへと続く鉄路の一部になっていたのだ。欧州とアジアを結ぶことから「欧亜の鉄路」とも呼ばれ、同年６月には「東京発パリ行き」という乗車券も発売されている。

日本の鉄道省が作った宣伝ポスターがある。地球儀の周りを汽車が走っているイラストにキャッチフレーズが付いている。

一枚ノ切符デヨーロッパヘ
シベリア経由
日数約十四日

ポスターの下部には途中駅の名前がずらりと並んでいる。東京駅を出た特急列車は下関、門司へ。そこから連絡船を使って釜山へ。京城を経て中国へと入るとその先は奉天《ほうてん》、長春、ハルビン。満州里《まんしゅうり》からロシアの国境を抜け、シベリア鉄道でユーラシア大陸を延々と進み、イルクーツクを経由し、モスクワ、ベルリン、パリへと到る鉄路である。

大陸への連絡船航路は他に、敦賀からロシアの日本海側に位置するウラジオストクへと連絡するものや、中国の大連を経由するものなど、数種類が選べた。

一般人にとって海外旅行など夢のまた夢の時代だったが、50日ほどかかったヨーロッパへの客船航路に比べれば、鉄路は約2週間と早く安価だった。政財界人や官僚、文士、新聞記者などの日本人が異国へ向かい、外国人が日本を訪れた。歌人・与謝野晶子は1912年にシベリア鉄道でウラジオストクからパリへ赴いている。

だが、「欧亜の鉄路」はその後、何度も遮断されることになる。

ロシア革命、シベリア出兵、日中戦争、第二次世界大戦。沿線で起こる戦争や紛争が原因だった。

1945年（昭和20）、日本はポツダム宣言を受諾し連合国に無条件降伏する。

日本が1910（明治43）に併合・植民地としていた朝鮮半島は、北緯38度線を境にして分断された。南部はアメリカが、北部はソ連が占領する。48年に韓国（大韓民国）と北朝鮮（朝鮮民主主義人民共和国）という二つの国が建国されるが、その2年後には北朝鮮が国境を越えて韓国へ侵攻し3年に及ぶ朝鮮戦争が始まる。結果、半島の大半が戦場となってしまったのである。現在も両国は休戦状態のままだ。従って現在、日本から「シベリア鉄道の旅」に出るなら、空路や航路でウラジオストクへ渡り、ロシア内をひたすら走り抜けるルートが一般的となっている。

38度線越えの鉄路復活の話はこれまで何度も話題になった。２０００年には韓国と北朝鮮が、分断されていた線路の再連結に合意し、02年に着工。07年5月には試運転が行われ、12月には北朝鮮側の経済特区である開城《ケソン》工業団地への定期貨物列車の運行へとこぎ着いた。が、それもわずか1年で運行休止。以後、北朝鮮側の理由不明の翻意で復活の話は何度も潰れてきた。

韓国側は国境駅として都羅山《トラサン》駅も完成させている。近代的デザインの大きな駅舎には、保安検査のためのX線機器まで並んでいるのだが、そこに人影はない。

２０１８年には、板門店《パンムンジョム》において韓国の文在寅《ムンジェイン》大統領と、北朝鮮の金正恩《キムジョンウン》労働党委員長との首脳会談が行われた。二人が手を取り合って国境線を跨《また》ぐという歴史的な映像は世界を駆け巡った。一気に国交が回復されるのではないかと期待されるものの、その後大きな進展にはつながらなかった。

列車が自由に行き来できるようになるためには、休戦中の朝鮮戦争の終結が必須だろう。鉄道には経済的導線という役割があるが、軍事補給線という役割も担ってきたからだ。よって戦時には攻撃対象にもされてきたのである。

臨津江から見える北朝鮮への鉄路。

錆びた機関車の遺骸は平壌《ピョンヤン》の方向を向いている。割れてしまったその動輪が、全力で回転し半島を爆進した時代は確かにあったのだ。釜山と満州を結ぶ急行列車には「ひかり」「のぞみ」という名称が付けられていた。東海道新幹線の列車名として馴染み深いが、元祖はこちらだった。

D型機関車の見上げるばかりの巨体が、汽笛を吹鳴し煙を吐きながら鉄橋を渡る姿を思った。牽かれる列車にはどんな人々が乗っていたのか。朝鮮の人々はもちろん、満州に夢を膨らませた日本人や、大陸へと送られた日本兵もいたのだろう。


市場の喧騒で現実に引き戻された。

手のひらに、小型の焼酎グラスを握っている。

とろりとしたソジュを青木センセイが注いでくれた。杯を重ねながら今回の旅を語った。

「いよいよシベリア鉄道に乗れますね。いや、これに乗れたら私はもう死んでもいいですな。車窓には雪しかないんです。ただただ雪の荒野。それがどこまでも続くんです。それだけ。もう最高」と相好を崩す。

青木俊とは、彼が「テレビ東京」で記者をしていた頃に知り合った。

以来、どれほど縄のれんを潜ったことか。

酒を飲むたび、彼は「小説を書きたい。一冊書けたら思い残すことなし」などと真顔で言い続けてきた。確かに私はかつて出版社に勤務していたことがある。しかしそれは単なる週刊誌記者としてであった。そんな男に作家になりたいと人生相談しても、まったくもって無駄である。それでも青木は真剣な顔でハイボールのグラスを握り締めては、私の顔をチラチラと見つつ、同じ念仏を繰り返すのであった。それは、私のように気の弱い人間を巻き込む作戦であったのだが、気がつけば彼は小説を世に送り出し、「先生」になることに成功していた。それだけではない。「二冊目を出したら……」と、またもハイボール念仏を繰り返して余罪を重ねていったのだった。その後もヘラヘラ笑って次作を構想中なのである。

「せっかくだから別の店にも行きましょうよ。刺身もうまいですけど、なんか温かいものも食べたいですよねー」と立ち上がり、市場の中を冷やかしながら歩く。途中で湯気が立ち上る店を指差して「アレアレ」と入り込んだ。鮟鱇《あんこう》鍋を見つけたらしい。いったい何語かわからないが、周りを指差して適当に注文をしている。どこでも生きていける人なのであろう。

センセイは今日の朝飯にも感動していた。小麦粉をつけて焼いた塩サバを前にしてゴロゴロと喉を鳴らし、朝からビールまで飲む始末。今は真っ赤な鍋を抱えてご機嫌はマックスだ。一夜にして韓国ファンである。

これまで何度か連れ立って取材の旅に出た。

彼の小説のための旅もあれば、私の取材を手伝ってもらったこともある。私がどう取材していいかわからないようなケース……、例えば外国大使館へ直接取材をかけることなど、彼にとっては朝飯前だった。

そして、今回の旅こそ、センセイの独断場になるはずなのだ。

センセイは以前、北京や香港で特派員として務めた経験もあるから少々中国語を操ることができる。しかも大学ではロシア語を専攻しており、旧ソ連やロシアへの旅を何度も経験しているという。おまけに以前から「冬のシベリア鉄道に乗りたい」と繰り返していたのだ。

ありがたい限りである。我々は旅の無事を祈って、グラスを鳴らした。

窓の下方から車のクラクションが響く。

ソウルの繁華街・明洞《ミョンドン》のホテルに部屋をとった。スーツケースは床に広げたままだ。ソウルは二泊なので詰め込んだ荷物はなるべく崩さずに済ませたいからだ。

ベッドに転がって、腕を組み、天井を見上げた。

思えばそれは父の寝姿そのものだ。最近、自分でも「似てきたな」と思う瞬間がある。

招集された父が入隊した陸軍鉄道聯隊。

鉄道の建設や修理、運転などを行う部隊なのだろうと、なんとなく思っていた。

調べてみると日清戦争後の１８９６年（明治29）に鉄道大隊が編成され、１９０７年に鉄道聯隊に昇格しているから、その歴史は古い。鉄道の戦時利用を目的にドイツ陸軍を参考に組織されたという。

父が入隊した頃は、連隊長以下3個大隊編成で１０００人を超える規模だったようだ。配属先は第二聯隊。千葉県津田沼駅付近に本部があり、広大な演習場で日々訓練を行っていたという。父の記憶でもこの頃はまだ牧歌的だったようだ。

「8人一組で組み立て式のレールを畑の中に繋いで、軌道を作って機関車を運転していたんだ。線路幅は600ミリの小型機関車で、それが背中合わせに2両繋がっている。方向転換しなくても両方に進んでいけるようになっている……」

陸軍が使っていた軽便鉄道の話だった。満州やシベリアのことを思い出すのは嫌だったようだが、鉄道の話ならば、私が子供の頃に時々教えてくれた。鉄道に対する私の興味はそのあたりから始まったのだと思う。

「線路の周りは延々と落花生畑でさ。腹が減ると畑から落花生をもらってきて、機関車の焚口あたりで焼いて食べたもんだ」

旅に出る前の資料集めで、鉄道聯隊の写真集を見ることができた。話に聞いたとおり、畑の中に2両一組の小型機関車が走っている。それが軽便鉄道の双合機関車だった。特殊なレールを使って線路を延ばす訓練をしている写真もある。軌匡《ききょう》というもので、5メートル長のレールに、枕木がはしご状に組み合わさっている。これを貨車に何枚も積み上げ押していくのだ。延伸中の線路の先端まで来ると、人力で軌匡を降ろし、地面に置いては繋ぐ。まるでおもちゃのプラレールのようだ。枕木とレールを一体にすることで、短時間で線路を延ばすことができる。

戦うはずの軍隊が、聯隊まで組織して、なぜここまで「鉄道」に拘《こだわ》るのだろう。その疑問を解くには鉄道の成り立ちや必要性を知っていた方がよさそうだ。

現在では想像もつかないが、明治、大正、昭和中期頃まで、整備された道路は少なかった。大都市の一部はともかく、郊外に出れば砂利や土の道が当たり前であった。荷車は車輪が泥に埋まれば前に進めない。バスやトラックも同様で、泥濘《ぬかるみ》の轍《わだち》にタイヤがめり込んでしまう。そんな悪路が改善され、高速道路が整備されて、自動車による高速移動が可能になったのは1970年代頃からのことである。

一方、舗装道路はなくても、たった数センチ幅の「鉄」（レール）を敷けば済むのが線路だ。文字通り「鉄の道」である。といってもレールをそのまま地面に置くと歪んだり、曲がったりしてしまうから、まずは路盤を作り、枕木を並べ、レールを固定していく。それを逆の発想で簡略化し、最初からレールと枕木を固定したのが鉄道聯隊の軌匡である。

原野であろうが湿地であろうが、レールさえ敷ければ車輪は回る。そのため鉄道は戦争においても、兵員輸送や兵站《へいたん》補給などの重大な使命を担った。人や物資だけではない。戦車やトラックなども無蓋貨車に乗せて移動させていた。道路なき戦場や後方において重要な輸送機関であり、そのため聯隊まで存在していたのだ。

それだけではない。鉄道聯隊には「装甲列車」と呼ばれる車両まであった。戦車のように分厚い鉄板で装甲し、大砲や機銃などで武装。車体は迷彩塗装され、線路上を進撃して、敵と見れば砲撃する。

父は「100式鉄道牽引車」なるものも運転したことがあると言っていた。

「トラックのタイヤを簡単に車輪に交換できるんだよ。だから線路でも道路でも自由に走れる。線路を高速で走っていって、レールがなくなったらタイヤに付け換えて走れるからどこでも大丈夫なんだ」

そんな話を子供の頃に聞き、その万能性に驚いたことがあったが、その車両がいったいどんな形状をしているのか想像もつかなかった。ところが、その100式の写真を父の遺品の中に見つけた。アルバムにキャビネサイズのプリントが数点挟まっていたのだ。

父所蔵の「100式鉄道牽引車」の写真

ベッドから身体を起こし、ショルダーバッグからiPadを取り出す。今回、取材に使えそうな写真は複写して収めてきた。古い写真もデジタル化されてアイコンをいくつか押すだけで液晶画面に結像する。

ボディのラインが角ばっている古いボンネット型のトラック。いすゞの車体を改造したもので、ドアには日の丸がペイントされている。タイヤは全部で6輪あった。車体の四角にはジャッキが固定されており、それを使って車体を持ち上げる。タイヤホイールを外すと内側に隠れていた線路用の「車輪」が出てくる構造だ。後部には他の鉄道車両を牽引するための連結器があった。

諸元表にはこう書かれている。

大陸の各種軌道に対応できるように軌道幅が3段階に変更可能である。操縦席にはハンドルやシフトレバーがついており、鉄道牽引車ではあるが構造上はむしろ自動車に近い

大陸の各種軌道……。どういうことかといえば、同じ鉄道といっても2本のレールとレールの「幅《ゲージ》」にはいくつもの種類がある。

日本の国鉄（当時）や、私の生まれた街の目蒲線などの線路幅は１０６７ミリだった。ところが、韓国や中国のほとんどの線路幅は１４３５ミリと広いのだ。１４３５ミリはヨーロッパやアメリカなどでも多く採用され、「標準軌」と呼ばれている。日本でも新幹線や京浜急行電鉄などはこの幅で、関西の私鉄では主流である。

だが、ロシアは更に広く１５２４ミリなのだ。当然ながら違うゲージで同じ車両を走らせることはできない。

そこで１００式鉄道牽引車である。この三種類の線路に合わせて車輪の幅を調整することができる。つまり大陸に渡った時、道路も幅の違う線路も自由自在に走れる車両を準備するという、日本軍の思惑があったのだ。

明洞の街中を一人でぶらついた。

夜10時を過ぎているが、むしろ日中より大勢の人が歩いている。ショーウインドウにブランド品や化粧品を並べるカラフルな店舗。通りには屋台がぎっしり並ぶ。煙を上げる串焼き肉、おでんやトッポギ。携帯電話ケース専門店、台車に山のように積み上げた衣服……。東京でいえば銀座と新宿に大久保を合わせたようなイメージだろうか。

ここソウルは朝鮮戦争で一度は焦土と化した。

その後、奇跡的な復興を遂げて現在の繁栄に至っている。韓国と日本の国交が正常化されたのは1965年（昭和40）だからそんなに昔の話ではない。日韓基本条約が結ばれるまでには長い時間がかかったということだ。だが、現在も両国間には拭いきれない不信がこびりついている。竹島問題、慰安婦、徴用工、挺身隊……。事が起きるたびに反目し合う。

「日本は朝鮮を植民地になどしていない。あれは併合だ。朝鮮を保護して近代化に貢献したのだ」と主張する日本人がいる。

「皇民化教育を強いられ、日本語を押し付けられ、戦争に駆り出され、あげく国を分断された」と朝鮮半島の人々は声をあげる。戦後75年が経っても火種が尽きることはない。隣国同士とはなぜこうもうまくいかないのか。

こうして街を歩き、食事をし、地下鉄に乗っても摩擦、脅威など何も感じはしない。アンニョンハセヨと挨拶し、カムサハムニダとお礼を述べれば笑顔が返ってくる。市井の人々は国際政治だの国交だのに強い関心などない。けれど両国のニュースを見れば、まるで双方の国民全体が騒いでいるかのようだ。

ゆっくりと裏路地を歩き、南大門市場《ナンデムシジャン》を抜ける細い坂道を登った。

そんな町並みや地形は東京とさほど変わらない。


旅に出る前、東京で父の生家を探してみた――。

私自身そこに行くのは初めてのことだった。

父・武次は1920年（大正9）に四谷で生まれたという。戸籍を追ってみれば新宿区右京町という所が出生地だった。右京町は、1943年（昭和18）に大番町と合併して大京町に改名されている。四谷から新宿へとつながる一帯だ。

JR千駄ヶ谷駅から外苑西通りのゆるやかな坂を登っていく。新宿御苑を背にして右手に折れた。細い路地に入ると車の騒音が途切れ、都心とは思えない静寂な住宅地が広がる。そこが大京町だった。

戦前の何枚かの地図を見比べると、父の生家は比較的大きな庭を持つ一戸建てだったようだ。その場所に立ってみれば、今はタイル張りの豪華なマンションが構えている。想定通りだが、100年近く前の痕跡など微塵もなかった。

街はその姿を刻々と変えているのだ。

所番地のすぐ脇に大京神社という小さな社があった。

薄茶色に塗られた新しい鳥居の奥に、明るい茶色に塗られた社殿。軒にはしめ縄に真新しい紙垂《しで》が下がっている。紅白の鈴緒《すずお》を揺らせば、からからと音をたてた。

１６２０年頃に創られたという神社は、１９４５年5月の米軍機の空襲で焼失し、戦後の54年になって再建されたという。ならば周辺の家も同じ頃に被災した可能性が高いと考えるべきだろう。

薄茶色の鳥居の下に、胸を反らせた狛犬が並んで空を見上げている。

白っぽい石造りの狛犬からは長い歴史を感じない。幼き父が見た光景はここにはもう何も残っていないのだ。そう諦めて帰りかけた時、狛犬の台座だけ色が違うことに気がついた。黒く変色した四角い石。しゃがみ込んで顔を寄せると、下部に風化して崩れかけた文字があった。そのままでは判別できないので、紙を貼って写し取ってみると、「大正十三年六月吉日」と浮かび上がった。おそらくそれは先代の狛犬の台座であり、それが奉納された日付であろう。

父が4歳の時に置かれたものということになる。

一つの石塊が私の中の時空を揺り動かす。

砂利が浮く細い路地、小さな神社の境内で遊ぶ子供たち、真新しい狛犬、乾いた本坪鈴《ほんつぼすず》の音が鳴り響く……。

脳裏に描いたそんなスケッチに少しだけ満足した私はその場所を後にした。

その後「最新東京詳細地図　戦災焼失區域表示」（昭和21年5月作成）という地図などで確認したところ、新宿区は何度も空襲を受けており、大京町は完全に焼失していたことが判明した。父の古い写真が残っていないのはそういうことだろう。

生家が焼失した45年5月頃は、父は満州の兵舎にいたはずだ。

死の少し前、病室のベッドの上で、父は顔を歪めて声を発していた。

「ハルビンってところにいたんだが、あそこは本当に寒かった。兵舎はレンガ造りで、シベリアよりはましだけど、外に出るとたちまちまつ毛が凍ってしまうんだ……」

凍ってしまった庇《ひさし》の下で、父は何を見たのだろうか。

2章

ここはお国を何百里

一夜明け、初めて降り立ったハルビン国際空港は想像していたより小さかった。機体に取り付けられたタラップを降りてターミナルビルまで歩くと、寒気がピリリと頬を刺す。入国審査のブースに並ぶ人の列は短かった。

韓国経由でやってきた我々は、円やウオンの現金を中国元に両替したかったのだが、唯一の両替所は窓口が閉まっていた。胸元に「警察」と書かれたジャケットを着た男に聞くと、首を横に振っただけでなぜか白タクを紹介しようとする。無視して、屋根に看板を載せた別のタクシーに乗り込んだ。

黒い森の中、糸をピンと張ったかのような直線道路がどこまでも続く。滑走路同様、路面は白くツルツルだ。大きな雪粒が斜めに流れるように降り続いていた。

哈爾浜《はるびん》は、中国でもっとも北部に位置する黒竜江省の省都だ。政治・経済の中心で人口は約５９０万人。ロシアとの国境に近く、１月の平均最低気温はマイナス25度を下回る年

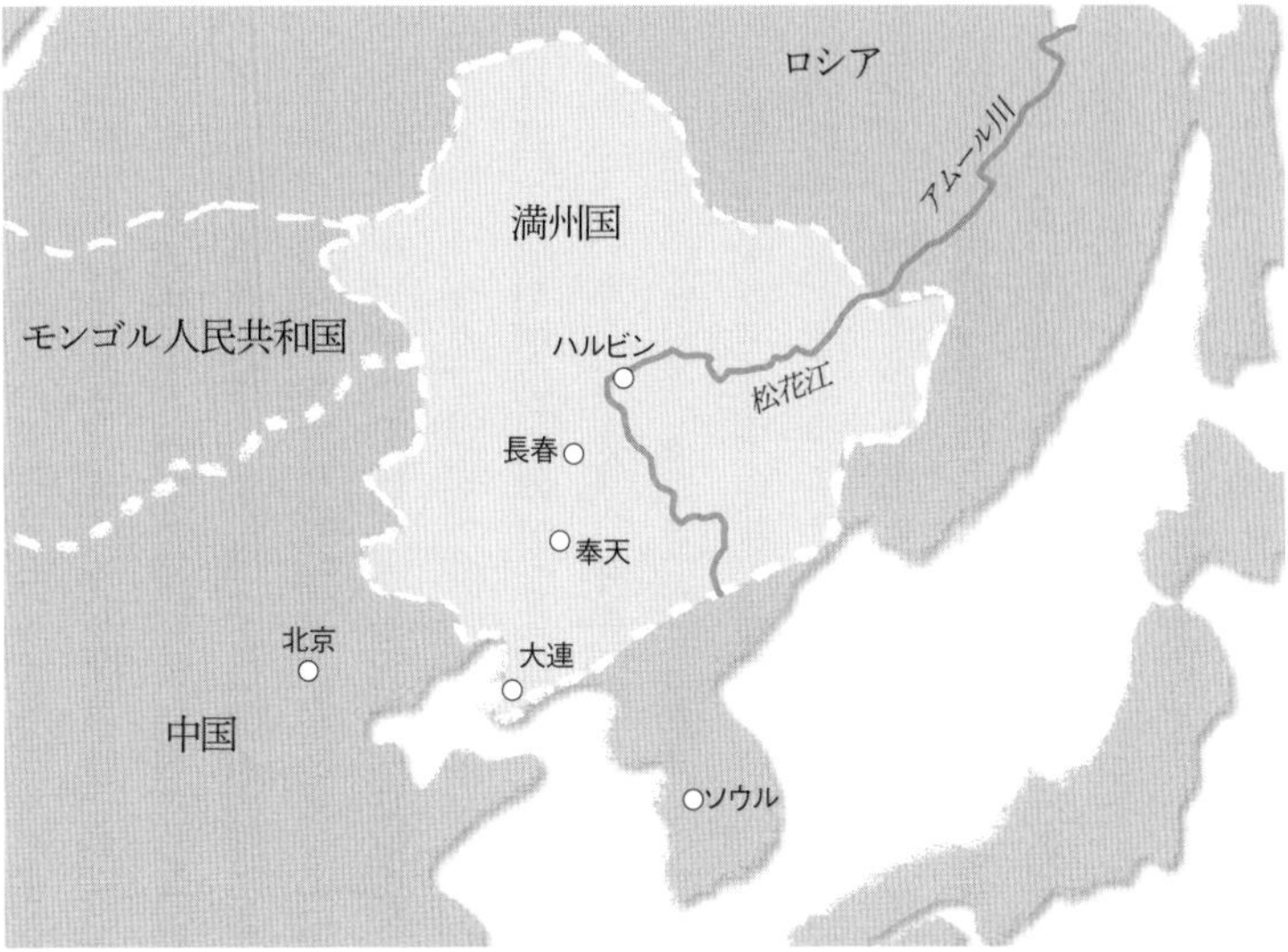

［地図2］日本軍は中国東北部を占拠し「満州国」とした

もある。

　街の中心部には松花江《しょうかこう》が流れている。この川は朝鮮半島の白頭山を源流として、中国東北部を貫いた後ロシアでアムール川に合流する。全長4368キロメートルの大河アムールはやがてオホーツク海へと流れ出るのだが、この大量の淡水は海の一部をも凍らせる。それが割れて流れたのが北海道のオホーツク側で見られる「流氷」である。もっともハルビンの松花江はこの季節にはすでに凍りついている。

　かつて、日本はこの中国東北部を軍事占拠し、「満州国」と名付けた（1934年の帝政実施後は「満州帝国」）。

　1932年（昭和7）から45年（昭和20）までの13年間だけ存在したまぼろしの国ということになる。大連、奉天、長春（新京）、ハルビンなどに庁舎やホテルなどを建設し「新京銀座」などといった繁華街を作り上げ、神社まで建立した。ここハルビンにも病院などの建築物が今も残されている。

タクシーでハルビンの中心部に入っていけば、帝政ロシア時代の石造りの建物や、ねぎ坊主型の屋根を持つロシア正教の教会なども見えてくる。（本章扉写真）

19世紀末、中国がまだ清国だった頃、この東北部にはロシア軍が居座ったこともあった。当時、小さな寒村だったハルビンが大都市へと変貌していったのは、1898年にロシアが、満州を横断する「東清鉄道」（東支鉄道）の建設に着手してからだった。この路線はシベリア鉄道の一部としてモスクワ方面から延びてきた鉄道だ。ロシア人を初めとする人口が増加し経済も急成長し、この地に様々な影響を与えていった。

ユーラシア大陸の両端の行き来を可能とする鉄道。それは1850年代から帝政ロシアの夢だった。その工事は、ロマノフ王朝の13代皇帝・アレクサンドル三世の命により1891年に始まる。

東へ。かつてロシア商人は毛皮などを求めてユーラシア大陸を進みシベリアを横断していった。ロシア私兵のコサックが進出した場所はロシア帝国の領土となる。1638年には難行苦行の末オホーツク海側まで到達、ロシアは広大な領土を手にした。

その地に鉄道が横断すれば領土はより確実なものになる。シベリアに眠る資源、石炭や木材などの搬出も可能となり、清国との貿易も盛んになるだろう。そもそも、これほどの大事業、大工事は国家主導でなければ不可能であった。

例えば「万里の長城」の長さは、西端の嘉峪関《かよくかん》から東端の山海関《さんかいかん》まで6352キロ。だがウラジオストクからハバロフスクを経由してモスクワまで走るシベリア鉄道の距離は約９３００キロもある。ロシア帝国の総力をあげて行う歴史的工事だった。

同じ頃、日本もまた鉄道建設を推し進めていた。１８７２年（明治５）の新橋・横浜間の開通を皮切りに、大阪・神戸間や北海道の手宮・札幌などでも鉄路が結ばれた。１８８９年（明治22）には17年の歳月をかけて新橋・神戸間６００キロの東海道線が全通している。

そんな時代に建設が始まったシベリア鉄道建設に対し、日本国内では様々な声があがった。一つは「アジアとヨーロッパが鉄路で結ばれることで、人の行き来が可能となり貿易も広がる」などと総じて肯定するもの。

もう一方は「ロシアは鉄道で極東に軍を送り込むのではないか」と、シベリア鉄道そのものの脅威を唱える否定派である。まさに鉄道と戦争は切っても切れない関係性であろう。

日本に隣接する大国ロシア。その地形はまるで日本に覆いかぶさらんばかりの形状をしている。ロシアが日本に攻めてくる……、そんな危惧は江戸時代末期からまことしやかにいわれるようになり、明治政府になってもそれは変わらなかった。中でも「陸軍の父」と呼ばれ、総理大臣を二期務めた山縣有朋《やまがたありとも》は何度もその脅威を説いた。例えば１８８８年に書いた「軍事意見書」では、こう触れている。


該鐵道竣工ノ日ハ、即チ露國ガ朝鮮ニ向テ侵略ヲ始ムルノ日タルベク、其ノ朝鮮ニ向

テ侵略ヲ始ムルノ日ハ、即チ東洋ニ一大波瀾ヲ生ズルノ日タルベシ

当時は朝鮮半島を日本の防衛線と考えており、鉄道が完成すればその朝鮮が侵略される危険を主張していた。山縣は「外交攻略論」「軍備意見書」「北清事変善後策」などの報告書でロシア脅威論を繰り返した。

また、自由党総理の板垣退助は演説の中でこう述べている。

西伯利亜鉄道落成するに至らば我北海道は実に危険の地に立ち小樽は尤《もっと》も敵軍到達の要とす

東京朝日新聞 1891年9月20日

そんな脅威論が飛び交う中で起こったのが「大津事件」だった。

来日したロシア帝国の皇太子に日本の警察官が斬りつけたのである。

1891年、シベリア鉄道工事開始が決定すると、アレクサンドル三世は皇太子ニコライ・アレクサンドロヴィチに対してウラジオストクで行われるシベリア鉄道の起工式典へ出席するよう求めた。軍艦7隻を引き連れてアジア各地を訪問中だったニコライは日本を訪れ、長崎、鹿児島港に立ち寄って神戸港へと入った。その後、陸路で京都観光、5月11日に琵琶湖の日帰り観光をするのだが、大津町で警備にあたっていた警察官・津田三蔵か

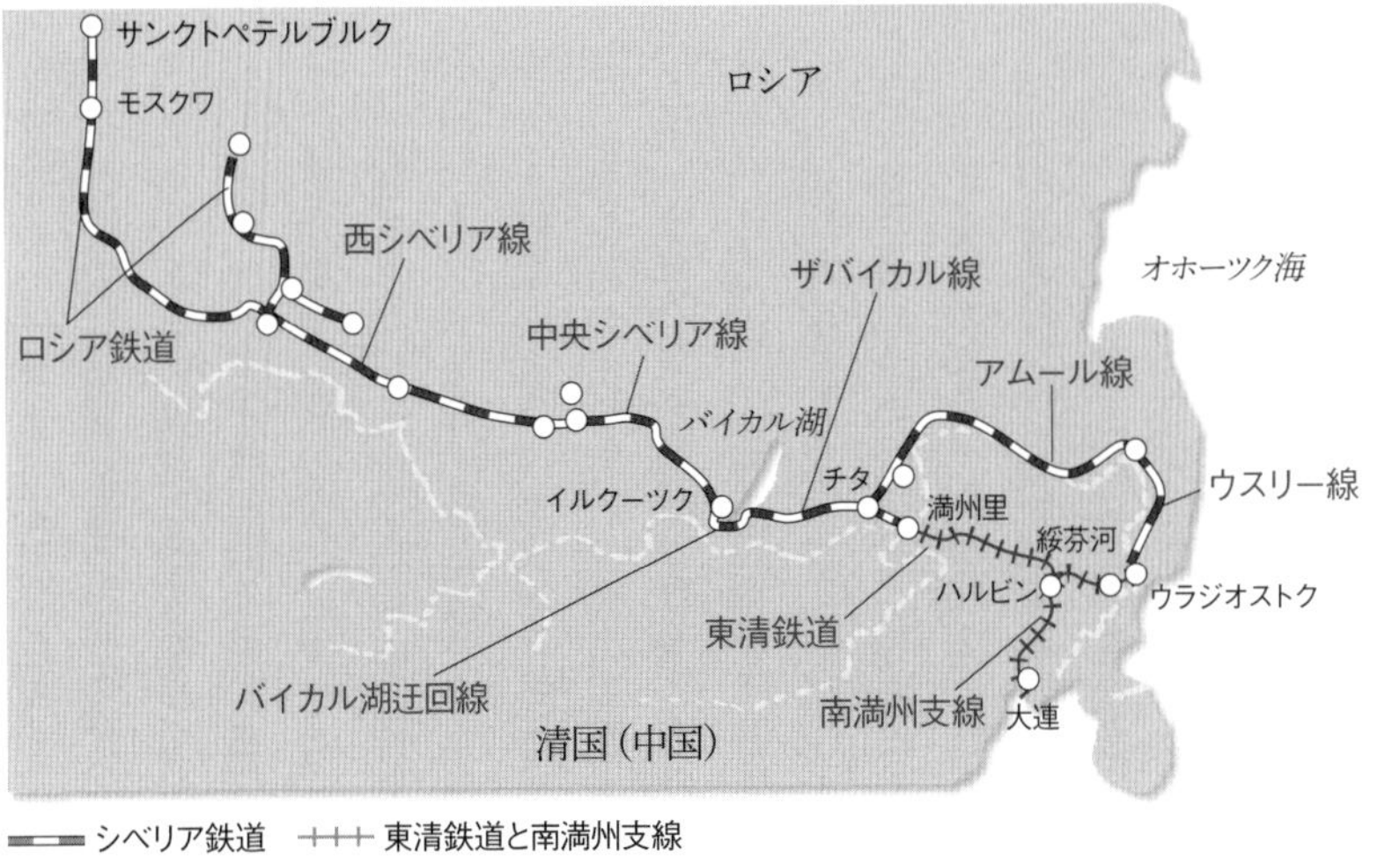

［地図3］工事はいくつかの区間に分けられて進められた。西側から西シベリア線、中央シベリア線、バイカル湖迂回線、ザバイカル線、アムール線、ウスリー線

らサーベルで斬りつけられたのだ。明治政府はこの事件に驚愕。将来のロシアの王に対して日本の警察官が刃を向けたのである。大きな国際問題に発展しかねなかった。国民からは「報復にロシアが攻めてくる」「謝罪に土地割譲を求められるのではないか」などとロシアを恐れる声があがり、神社、仏閣などでは皇太子の治癒に祈りが捧げられる。事件をなんとか穏便に収めようと、明治天皇が自ら京都まで見舞いに赴き、さらに神戸港まで見送った。怪我が大事に至らなかったことも幸いしてか、国をあげての懸命な処理によってどうにか事態を凌《しの》いだという。

5月31日、皇太子・ニコライはシベリア鉄道の起工式に出席することができた。

こうしてシベリア鉄道の工事は開始されたのである。この工事は全区間をいくつかにわけて進められた。西側から、西シベリア線、中央シベリア線、バイカル湖迂回線、ザバイカル線、アムール線、ウスリー線だ。

すでに開通していたモスクワ周辺のロシア鉄道に接続する西シベリア線の工事は進んでいったが、問題は中央から東にかけてのシベリアの突破とオホーツク海側だった。

シベリアでは人跡未踏の密林を切り開かねばならない。ザバイカル地方では作業に就ける人口そのものが元々少なく、彼の地に流刑された数千人が使われた。行く手には岩山や、夏でも溶けない永久凍土が待ち構え、沼や湿地帯が路盤工事を遮る。凍土を焚き火で溶かしたり、あるいはダイナマイトで爆破するなどして、丸太で作った枕木を並べた。洪水や土砂崩れといった大きな災害にも見舞われたという。加えてヒグマやトラ、オオカミが生息する地帯でもあった。なんとも障害のオンパレードである。

オホーツク海側のウスリー線の工事も難航する。

そもそも工業や技術が未発達だった東シベリアまで、モスクワから船で技術者や資材を運ばねばならなかった。特に工事が進まなかったのがアムール線とバイカル湖迂回線である。清国との国境に沿って走るアムール線の方は、まずハバロフスクで大河アムールを越えるために2キロを超える長大な架橋をしなければならなかった。その先にもいくつもの川が連続し、深い山岳地もあったため、工事は遅々として進まなかったのである。

ロシアは一計を案じた。隣接する清国の領土を横断してショートカットできないかと考えたのだ。完成した西シベリア線、中央シベリア線を使い、国境の満州里から清国内へと入り、ハルビンを経て綏芬河《すいふんが》でロシア領土に戻り、ウラジオストクへ抜ける、ほぼ直線のコースだ。これなら工事は容易で、距離も当初予定していたウスリー、アムール線経由より900キロも短くて済む。

ロシアはその建設許可を清国から得たのである。これが東清鉄道だった。ロシアの鉄道がなぜ清国内を通過できたのかについては後ほど詳しく触れたい。こうしてシベリア鉄道は1900年初頭には暫定的に接続して、03年頃から旅客運輸を開始したのである。

東清鉄道はハルビンで支線を分けるT字型の配線だった。一本はウラジオストクに直進する本線で、ウラジオストク港を母港とするロシア軍の「太平洋艦隊」への補給線にもなる。もう一本の南満州支線は南へ向かい長春、奉天を経て、黄海に突き出た遼東半島の大連から旅順へと向かう。こちらは中国東北部に展開していたロシア軍や、旅順港を母港とする「旅順艦隊」への補給線だった。こうした「鉄道の警備」という名目でロシア軍が居座ったこともあり、東清鉄道の存在は、日本にとって大きな意味を持つことになる。

ハルビン市内を遠望できる31階建のホテルに宿を取った。

この街には2泊する。部屋の窓からは中国の冬の街が実感できた。PM2・5で霞んでいるのだ。急速な発展を遂げる中国の大都市はその交換条件のように大気汚染が進んだのだが、暖房が入るこの時期はもっとも汚染が深刻であるという。

それにしても身体が芯から冷えていた。

バスルームのカランを廻して湯を放ち、湯気立ち上るバスタブに身体を沈めた。両手でお湯をすくって顔を洗い、天井を見上げた時、自分でも意外なメロディが口をついた。

ここはお国を何百里
離れて遠き満州の
赤い夕陽に照らされて
友は野末の石の下

私が幼かった頃、我が家の風呂桶は木製だった。黄色みを帯びた電球が照らす湯は木の香りが漂う。父はその風呂で時折この歌をうたった。いつしか私も歌詞を覚えて一緒に口ずさんだ。もちろん満州の意味すらわからなかったし、それが軍歌と呼ばれることも知らなかった。ただ、どこか物悲しいメロディーだと思っていたぐらいだ。

父が口にした軍歌はこの一曲ぐらいのものだが、戦争を嫌った人がなぜこの歌だけ好んだのか。今回調べてみると、意外な事実に行き当たった。

「戦友」という名前が付けられたこの曲は、作詞・真下飛泉《ましもひせん》、作曲・三善和気《みよしかずおき》で、作られたのは1905年（明治38）だった。なんと父が生まれる前に流行った歌なのだ。当然ながら父が駆り出された日中戦争とは直接の関係はなく、さらに遡る「日露戦争」をうたったものだったのである。

私が知らぬだけで14番まである長い楽曲で、その歌詞を改めて見ていけば意味深さに唸った。

1
ここはお国を何百里　離れて遠き満州の
赤い夕陽に照らされて　友は野末の石の下

2
思えばかなし昨日まで　真先駆けて突進し
敵を散々懲《こ》らしたる　勇士はここに眠れるか

3
ああ戦いの最中に　隣に居《お》ったこの友の
俄《にわ》かにはたと倒れしを　我は思わず駆け寄って

4
軍律きびしい中なれど　これが見捨てて置かりょうか
「しっかりせよ」と抱き起こし　仮包帯も弾丸《たま》の中

5
折から起こる突貫に　友はようよう顔上げて
「お国の為だかまわずに　後れてくれな」と目に涙

6
あとに心は残れども　残しちゃならぬこの体
「それじゃ行くよ」と別れたが　永《なが》の別れとなったのか

7
戦いすんで日が暮れて　さがしにもどる心では
どうぞ生きて居てくれと　ものなど言えと願うたに

8
空しく冷えて魂は　くにへ帰ったポケットに
時計ばかりがコチコチと　動いて居《い》るのも情なや

9　思えば去年船出して　お国が見えずなった時
玄界灘に手を握り　名を名乗ったが始めにて

10　それより後《のち》は一本の　煙草も二人わけてのみ
ついた手紙も見せ合うて　身の上話くりかえし

11　肩を抱いては口ぐせに　どうせ命はないものよ
死んだら骨を頼むぞと　言いかわしたる二人仲

12　思いもよらず我一人　不思議に命ながらえて
赤い夕陽の満州に　友の塚穴掘ろうとは

13　くまなく晴れた月今宵　心しみじみ筆とって
友の最期をこまごまと　親御へ送るこの手紙

14　筆の運びはつたないが　行燈《あんど》のかげで親達の
読まるる心おもいやり　思わずおとす一雫《ひとしずく》

ここには軍歌特有の勇ましさは感じられない。

日露戦争へ派兵された者たちが玄界灘を渡る船上で知り合う。その戦友の悲しい末路や、遺族への感情が綴られているのだ。戦意を鼓舞するわけではなく、むしろ厭戦《えんせん》や故郷を思った歌だという人もいる。

実際4番の歌詞「軍律きびしい中なれど」は、戦争が激化していく後年になって問題とされ、「硝煙渦巻く中なれど」と改められていた。さらに、戦意高揚を強いた太平洋戦争時には、陸軍はこの歌をうたうことを兵士たちに禁じたという。

「戦友」は軍歌というより、明治時代の流行り歌に近いものだったのだ。ここに至って、戦争嫌いの父がなぜこの歌を口ずさんでいたのか、腑《ふ》に落ちた。

薄暗い風呂場で桶を背にして身体を拭く父。その臀部には大きな傷跡があった。その理由を知るのは、ずいぶん後になってからである。


日露戦争は「戦友」が流行る前年の1904年に始まった。日本軍は、ロシアが租借していた遼東半島の旅順や、ロシア軍が展開していた東北部に攻め込んだ。「203高地」の激戦の果てに日本軍は旅順港を攻め落とす。翌05年5月には海軍連合艦隊が日本海でバルチック艦隊を待ち伏せてこれを全滅する。さらに7月、日本軍はロシア領土だった樺太まで攻め込んで占領した。

日露戦争で勝利した日本軍はポーツマス講和条約の下、遼東半島や旅順港の租借権を手にして「関東州」と名付ける。また占領した樺太の南半分も落手した。そしてロシアが施設した東清鉄道南満州支線の一部、長春〜旅順・大連間なども獲得したのである。

シベリア鉄道が開通すれば日本の脅威となる……。政治家の一部や軍部はそう唱えてきたが、実際何が起こったかといえば、日本が自ら他国に攻め込んでその鉄道の一部を手に入れたことになる。

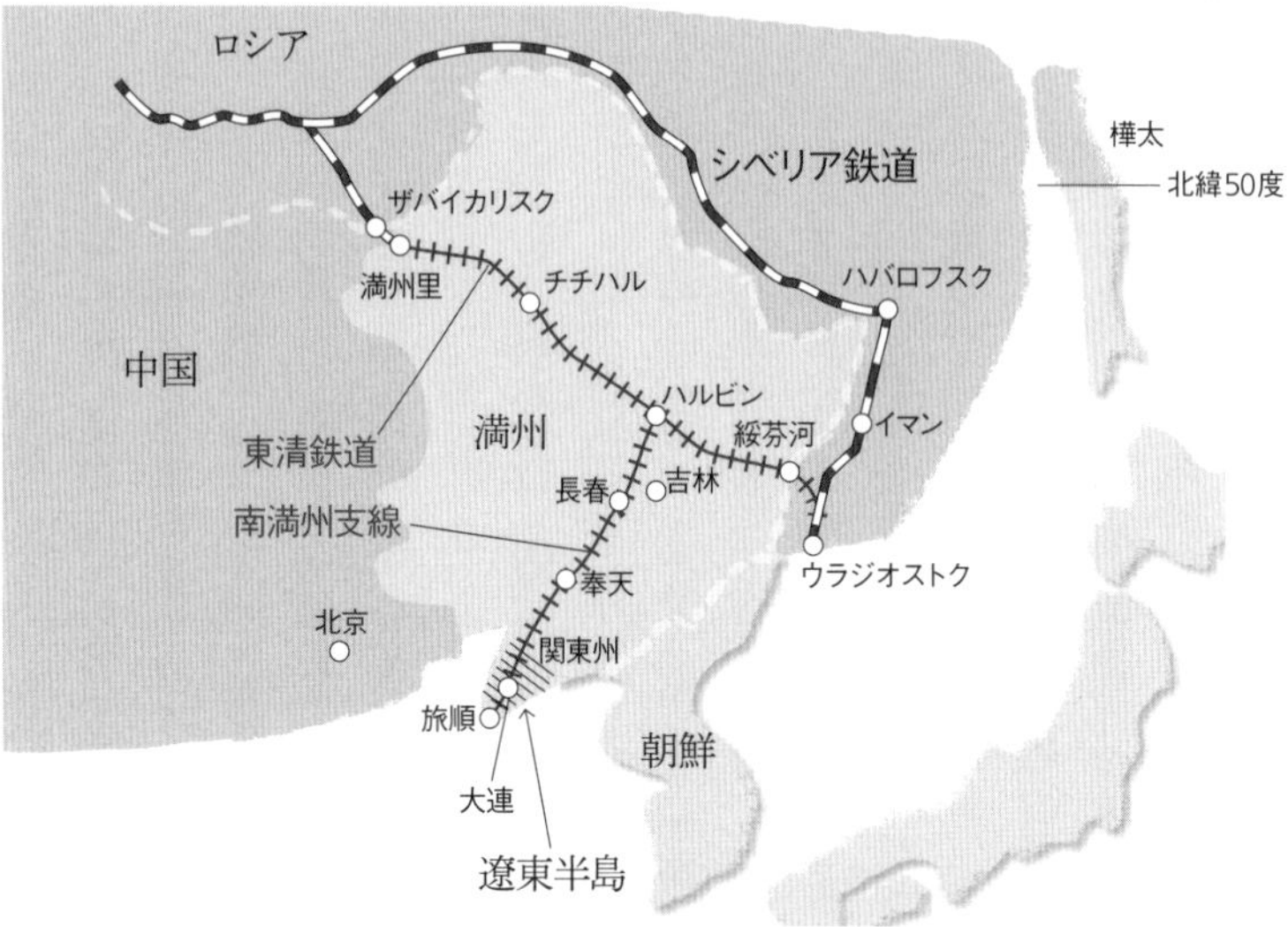

[地図4]日露戦争後、樺太の北緯50度以南の領土と、関東州(遼東半島南端部)の租借権が日本に譲渡される。東清鉄道南満州支線の長春から旅順・大連も獲得。

かつて「軍事意見書」に〈該鐵道竣工ノ日ハ、即チ露國ガ朝鮮ニ向テ侵略ヲ始ムル〉などと書いた山縣有朋は、日露戦争で陸軍参謀総長として日本を勝利に導いた。徴兵制も導入し、陸軍の父と呼ばれた山縣の真骨頂というところか。結果、その本人は大勲位菊花章頸飾《けいしょく》、功一級金《きん》鵄《し》勲章を胸に下げ、公爵にまで登り詰めたのである。他国からの脅威を煽るその理由の一端がこういうところに透けて見えはしないだろうか。

「戦争で取り返すしかないんじゃないですか？」。近年でも、北方領土や竹島問題に対し、こうした声を張り上げる若い政治家の姿と重なる。

遼東半島や鉄道を手にした日本軍は、関東州に部隊を展開していく。

ロシア同様に「鉄道の警備」という名目で沿

線に1万4000人の日本兵を配置。沿線を「付属地」という名目で事実上の植民地化を行った。その後、この警備兵力が「関東軍」へと拡大する。鉄道を軸にして、軍は勢力を延ばしていったのだ。

「泣く子も黙る関東軍」――、今聞いても、これが何の自慢になるのかまったくわからないのだが、そんな肩書で恐れられたという。泣く子とはいったい誰なのだろう。

日本は大国ロシアに勝った。五大国入りを果たしてついに「一等国」になったのだと多くの人が有頂天になったという。「勝ち戦」は良くも悪くも日本を変えていった。日露戦争については後ほど詳しく触れたい。

東清鉄道の権益には付帯事業として撫順《ぶじゅん》炭鉱、煙台《えんたい》炭鉱や森林伐採権などまで含まれており、日本は羨望していた資源まで手にすることができた。この南満州支線を日本は国有としたかったようだが、清国に日本の国鉄を置けば条約違反となる。そこで半官半民の国策会社にすることで決着をみる。

これが「南満州鉄道株式会社」、通称「満鉄」である。

満鉄については、テレビ東京の北京支局長を務めた青木センセイが詳しい。

「満鉄はただの鉄道会社じゃありません。鉄鋼生産、炭鉱開発、教育、医療、観光業……。あらゆる分野に手を伸ばし、莫大な収益をあげた企業集団とでもいいましょうか。大連の満鉄本社の奥まった一角には会議室がありましてね、そこの大きな金庫室には札束がぎっしり詰まっていたそうです……」

満鉄には「調査部」というものまで設置されていた。鉄道会社の名を被せた国家のようだった。

実際、「満州経営策梗概」にはこうあった。

「陽ニ鉄道経営ノ仮面ヲ装イ、陰ニ百般ノ施設ヲ実行スルニアリ」

その設立は、日露戦争でも活躍した陸軍大将の児玉源太郎を筆頭に、官僚や政治家、財閥たちの手による。事業は、先に触れたように炭鉱や森林、そして鉄鋼生産、発電、水運、倉庫整備など幅広い。教育、医療などあらゆる分野へ進出し、鉄道付属地の住人からは税金までも集めた。

関東軍は満鉄を軸にして「国」を創り上げていく。観光事業も行われ、前述した「欧亜の鉄路」の開発や「東京発パリ行き乗車券」などの発売はこの頃のことである。

同時期、中国大陸の勢力図も大きく変わった。

1912年（明治45）1月。清国が296年の歴史に幕を閉じ、中華民国（中国）が成立した。愛新覚羅溥儀《あいしんかくらふぎ》が清朝最後の皇帝・ラストエンペラーとなった。

日本軍は、ロシア軍が去った大陸に軍事力を拡大させていくのである。

火蓋を切ったのが1931年（昭和6）9月の「柳条湖事件《りゅうじょうこ》」だった。

奉天の北方にある柳条湖付近で満鉄の線路が爆破されるという事件が起きた。満鉄の警備にあたっていた関東軍はこれを張学良ら中国の東北軍による破壊工作と発表。それを理由にすぐに周辺の中国軍の施設を攻撃して、勢い奉天にまで攻め込む。

だが、実はこの線路爆破は関東軍の高級参謀・板垣征四郎大佐と、作戦参謀・石原莞爾《かんじ》中佐が首謀して仕組んだものであった。自作自演で騒ぎを起こし、軍事活動の拡大や占領の口実にしたのだ。ただし、この事実が明らかになるのは日本が戦争に負けた後のGHQによる調査でだった。そのため、関東軍の発表と報道を信じた日本人は中国に対して敵意を抱くようになっていく。

政府や陸軍が決めていた戦線不拡大方針を関東軍の参謀は無視した。正当防衛と称して軍事活動を拡大。32年にはハルビンやチチハル・錦州などを占領。暴走に暴走を重ねてついには東北一帯を制圧したのである。この「満州事変」が、その後足かけ15年にも及ぶアジア太平洋戦争のはじまりとなる。

それにしても、日本政府はなぜここまで軍部の暴走を許したのか？

32年、日本国内では五・一五事件が起きていた。

海軍将校などが軍閥内閣の設立を目的としたクーデターを計画。首相官邸に乱入し、犬養毅《つよし》首相を射殺するという信じがたい事態である。シビリアンコントロールどころの話ではない。反乱自体は失敗に終わるが、軍部はこれを利用して政党内閣制の廃止を迫り、日本は軍部独裁への道へと歩み出す。

同年、衆議院は満州国の承認を決議。こうして「満州国」が建国されたのである。

帝王が国を治める安楽な土地、そんな意味の「王道楽土」を掲げて、清朝の皇帝から退位した愛新覚羅溥儀を担ぎ出して皇帝に据えた。そして世界に向けて満州が独立国家であることを宣言した。しかしその実態といえば、関東軍が実権を握る傀儡《かいらい》国家であり満州国政府は関東軍の命令に従う人間で固められていた。

長春は、新京と名を改められて満州国の首都となる。


実際のところ日本軍は満州に何を求めていたのだろう。

作家の半藤一利氏は、日本人にとって満州はどんな意味を持っていたか、その基本的なイメージを著書に記している。ここでは項目だけ引用させていただく。

1　対ロシア（のちソビエト連邦）にたいする国防の生命線としての満洲。
2　開拓・収奪が大いに可能な資源地帯としての満洲。
3　日本内地からの未開の沃野《よくや》へ、その人口流出先としての満洲。

半藤一利『ソ連が満洲に侵攻した夏』文春文庫

日本の行為に納得できない中国は国際連盟に提訴する。連盟はイギリス人のヴィクター・ブルワー＝リットン伯爵を団長とする調査団を満州へと派遣した。その結論として、「満州事変は日本の正当防衛には当たらない侵略行為であり、不戦条約違反」と指摘。日本軍は元の満鉄周辺まで撤退して、満州には中国の主権の下、自治政府を樹立するようにと勧告した。

だが日本はこれを拒否。

33年、国際連盟総会ではこの勧告案を賛成42、反対1（日本）、棄権1で可決した。その結果、日本は国際連盟からの脱退を決め、国際社会から孤立していくことになる。

満州国という名の植民地化は加速していく。

日本国内では新聞やポスターなどを使って満州への移民を募った。

満州へ!!　申込ハ市町村役場又府県経　拓務省
天は開け地は闢《ひら》く　来れ!!　國都大新京へ　満州國政府
行け　満州へ　拓け　満州を　満州開拓民募集

農家の次男、三男でも農地を手にできる。女性は大陸の花嫁に……、などという甘言に惹《ひ》かれて多くの日本人が夢を抱き、満州へと渡った。

「満州に骨を埋めるつもり」当時はそんな言葉までが流行したというが、僅か十余年で、本当に多くの人が骨を埋める事態が訪れようとはこの時は思ってもいなかったのだろう。

「開拓」といえば聞こえはいいが、満蒙《まんもう》開拓計画では武装した在郷軍人が武力で中国人の農民を追い出して耕作地を奪ったり、タダ同然の買い値で土地を手に入れていったという。命である農地を奪われた農民たちが奪還するために日本人を襲ってくることもあり、開拓団は自衛のために銃を携えて農耕することさえあった。こうして中国人たちの恨みは募っていくが、関東軍の銃口の前に抵抗することは難しかった。

日露戦争で勝利し、満州国を拡大していく日本人は奢《おご》り高ぶった。自分たちを「一等国民」と信じ、朝鮮人を「二等国民」、そして中国人は「三等国民」であると見下した。

一方、日露戦争により「東清鉄道」の南満州支線を失った帝国ロシアだが、その後シベリア鉄道をどうしたか？ 難工事のために棚上げにしていたアムール線の工事を1908年に再開。大河アムールには、全長2590メートルのアムール鉄橋を架け、16年ついに開通させたのだ。走行距離は延びたものの、これによりロシアは自国領土内だけを通過して東西を結ぶ、現在のシベリア鉄道の線形を完成させたのである。

翌17年、ロシア帝国は崩壊しソビエト社会主義共和国連邦（ソ連）となる。

一方の東清鉄道本線の利権は、32年に満州国が建国されると混迷を極めた。いったんは満州国とソ連の合弁会社となるが、33年に満州国交通部が名称を「北満鉄道」に変更する。そして35年には満州国はソ連との間に「北満鉄道譲渡協定」を結び、満州里〜ハルビン〜綏芬河などの区間を買収した。

これにより朝鮮半島先端の釜山から、満州西北端まで日本人が自由に行き来することができるようになったのである。

当時日本で販売されていた「鉄道時刻表」を開くと、普通に朝鮮半島や満州の地図が掲載されている。最高時速130キロで走る特急「あじあ号」が大連〜ハルビンを約13時間で結んでいた。先頭の蒸気機関車は「パシナ」形と呼ばれる流線型のデザインで、客車には当時はまだほとんどなかった冷房装置まで完備されていた。飛行機や車が長距離輸送に代わる前の鉄道黄金期のことである。

関釜《かんぷ》連絡船や大連の日満連絡船を経て、新京、ハルビンなどにも多くの日本人が行き交うようになり、新京駅前には満鉄経営のヤマトホテルも開業する。また満州電信電話株式会社が設立され、電信、電話、そしてラジオ放送にも陸軍関係者が経営に関与していく。新京放送局は関東軍の強力な宣伝機関となる。そしてもう一つのプロパガンダメディアが、映画ニュースであった。映画ニュースとは文字通り映画館で流れていたもので、まだテレビがない時代は貴重な動画だった。

35年4月、皇帝になった溥儀は昭和天皇の招待を受け日本へ公式訪問の旅に出る。これを報じる映画ニュースが残っていた。

満洲帝国皇帝陛下御訪日の御途へ

ブラスバンド音楽勇ましいフィルムが廻り出し、モノクロの世界に軍服を着た溥儀が現れる。関東軍の捧刀《ささげとう》と音楽隊に送られ、新京駅から特別列車に乗り込む溥儀。最後尾の展望車は流れるようなカーブを描いている。今の時代でも見当たらない斬新なデザインだ。アナウンサーが「お召し列車に乗り込まれました」と声高に伝える。

蒸気機関車に牽かれた6両編成の列車は大連へ。日本海軍の戦艦で大連港から横浜港に到着した溥儀は再び列車で東京駅へと向かった。驚かされるのが東京駅の到着場面だ。昭和天皇がホーム上で待ち構えていたのである。背筋を延ばして敬礼し、握手を交わす二人。どちらも胸からたくさんの勲章を下げている。来賓をホームで迎える天皇。恐らくこんなことは最初で最後だろう。

溥儀が新京から東京へ向かうこのニュースは丁寧に撮影され、何回にも分割してニュース映画で流された。鉄道や駅は、時としてこのようにシンボルとしても政治的にも使われていたのだ。

翌36年には二・二六事件が起こる。

陸軍の現役青年将校ら1400人余が格差社会などを問題と考え「昭和維新」を掲げて国家革新を目指し決起。首相官邸などを襲撃し高橋是清蔵相、齋藤實《まこと》内大臣らを殺害する。天皇の周りで、政治家や財閥、軍人らが政治を歪めているから排除しようとしたというが、逆に肝心の昭和天皇の怒りを招いた。東京には戒厳令が敷かれる。陸軍は、決起した兵が反乱軍であることを知らしめるためにラジオ放送を行い、ビラをまいた。

下士官兵ニ告グ
一　今カラデモ遅クナイカラ原隊へ帰レ
二　抵抗スル者ハ全部逆賊デアルカラ射殺スル
三　オ前達ノ父母兄弟ハ國賊トナルノデ皆泣イテオルゾ
　　二月二十九日 戒嚴司令部

東京上空には「勅命下る　軍旗に手向ふな」と書かれたアドバルーンが上がり反乱軍は鎮圧されるのだが、この事件をきっかけに軍部の支配はさらに強まり、「軍部大臣現役武官制」が復活。軍人が大臣になっていく。

そして37年(昭和12)、満州と遼東半島という中国大陸進出への足がかりを摑んだ日本は、独裁的軍事体制の中でついに日中戦争という泥沼へ突入する。

手元に、40年発行の『東洋・南洋時局地図』というものがある。雑誌の付録なのだが、この手の時局、戦局地図は大人気だったという。当時のものとしては贅沢なカラー印刷で日本列島は赤色に塗られている。朝鮮半島、樺太の南半分、千島列島、台湾も赤色だ。そして独立国家のはずの満州国も赤である。地図表記凡例を見れば赤い部分は「占領地域」と記されていた。

中国全体は黄色だが、一部の上海、南京、武昌、漢口、あるいは蒙古連合自治政府あたりは境界域をぼんやりとさせつつ、やはり赤に塗られているのだ。

日本軍の進出と共に赤の占領部分が増えていく時局地図。それが人気だったという当時の国民心理とはいったいどんなものだったのだろう。

「迷わないように、一度ハルビン駅に行ってみませんか」

青木センセイの提案により、散歩を兼ねて、ハルビン駅を見に行くことにした。なにしろ2日後に我々が乗り込むのは国際列車なのだ。当日、慣れぬ土地で大荷物を抱えて慌てふためいてはならぬ……センセイはこういうところは実に慎重だ。

駅前の大きなロータリーを両腕で抱えるかのように、駅舎はどっしりとした構えだ。ベージュ色の建物は曲線を生かしたアール・ヌーボー様式のデザインで、ドーム型をした屋根の上に「哈爾濱」という赤い文字が映えている。

iPadに入れてきた、満州時代の古いモノクロ写真と見比べると、当時の建物を模していることがわかる。写真では屋根の上に「大満州国」と書かれた大きな看板が載っていた。おそらくその看板は日本の敗戦後に取り除かれたのであろう。満州国という呼び名は中国人から嫌われているからだ。

ちなみに「大満州、大日本帝国、大江戸……などと、なぜ日本人はわざわざ『大』を付けるんですか？」と知り合いの中国人に聞かれたことがある。すぐに答えられずに絶句したのだが、それは日本が「大」でないからこそ逆に付けてしまうのか。「帝国」主義にわざわざ大を付加するあたりその心根が透けてくるわけだし、「大東亜」思想も同じことなのであろう。

ハルビン駅は、伊藤博文元首相が暗殺された場所としても日本人に知られている。

1909年（明治42）10月26日、長春駅から特別列車に乗った伊藤はハルビン駅に到着。ホーム上で多くの関係者の歓迎を受ける中、警備兵の間から突然飛び出てきた男に胸部など3発撃たれ、およそ30分後に死亡する。

逮捕されたのは、韓国の独立運動家・安重根《アンジュングン》だった。取り調べや裁判で安重根は、前韓国統監だった伊藤によって朝鮮は様々な被害を被ったと批判した。この頃、日本は朝鮮を併合することを決めており、その反感から事件を起こしたともいわれている。元々征韓論には否定的で、朝鮮併合にも反対だった伊藤が韓国統監になったばかりに暗殺されたのは運命の皮肉であろう。

安重根は翌年死刑となる。

その後も東京駅では、1921年（大正10）に原敬《たかし》首相が暗殺され、1930年（昭和5）には濱口雄幸《おさち》首相が銃撃されるなど、政治絡みの要人襲撃が続いた。駅は警備が難しく、また、列車本数が少ない時代に要人の動向が摑みやすい。暗殺を狙う者にとって絶好の場だったのである。

鉄道の要衝となったハルビンには鉄道聯隊も常駐していた。

父が遺したシベリアメモによれば、１９４2年（昭和17）にハルビンに到着している。その後はハルビンを中心に作戦に出ていたようだ。

昭和19年　強制的下士官教育、朝鮮との国境、安東他で演習

鉄道第二聯隊本部がハルビンのどこに置かれていたのかはわからない。僅かに「レンガ造りの兵舎だった」という話を聞いただけである。残されていた数少ない資料を読んでいくとハルビンの香坊という場所に鉄道聯隊の兵舎があったことがわかった。

鉄道聯隊の写真集の中に当時の写真を見ることができた。

レンガ造りの立派な兵舎が4棟並んでいる。二階建ての屋根からは暖房用の煙突が何本も突き出ていた。広大な庭にはレールが敷かれ、千葉の聯隊本部のような大掛かりな施設だったことが窺える。

鉄道聯隊の仕事は鉄道の建設だけではなかったようだ。

逆に鉄道の破壊工作を行うこともあるという。敵国が鉄道を活用して輸送に当たっていれば、レールを切断したり、あるいは自軍が撤退する際にはその線路を敵が利用できないようにし、鉄橋を爆破することもあった。

聯隊の写真には、鉄橋の復旧訓練の場面がやたらに多い。川へと落とされたガーター橋をジャッキアップしては、枕木を何段も積み重ねて、すこしずつ持ち上げて復旧させる。

ある時は鉄橋を「破壊せよ」、またある時は落とされた鉄橋を「直せ」と命令が下る。戦争とはなんとも身勝手で凄まじいものなのか。

父は朝鮮との国境で橋梁工事にも参加した。

「アントンの鉄橋工事に行ったな。長い鉄橋でほとんど人力だけだから大変だった……」

と語っていた。

アントンとは北朝鮮と中国の国境の街・安東だ。父の残した地図の赤い線はハルビンと奉天を往復したり、破線で朝鮮への国境付近まで延びたりしている。調べてみれば１９４３年４月に鴨緑江《おうりょくこう》第二橋梁という橋が完成していた。

38度線で見た京義線が、朝鮮半島を経て鴨緑江橋梁へ接続する。つまり中国からロシアへと続く欧亜の鉄路となる重要な橋だった。父が中国に渡ったのは欧亜の鉄路完成後のことだから、第二架橋の追加工事などでこの橋に関わったということなのだろう。

第二橋梁はその後の朝鮮戦争で、国連軍の爆撃を受けて大破するのだが、現在は修復されている。少し下流にある第一橋梁の方は破壊され、途中で寸断されたままだ。戦争で狙われるのはやはり鉄道や橋梁だ。

鉄道聯隊とは、私が想像していたより重要な役割を担っていたようだ。調べるほどに自分の迂闊《うかつ》さに気づき始めた。父の戦争との関わりは後方支援的なもので、最前線とは無関係と考えていたが、軍隊では全てに役割がある。無駄なものなど何もない。逆に無駄といえば、全部が無駄そのものともいえる。

なぜ、生前にもっと話を聞いておかなかったのか。今から自力で調べられることは極めて少なかった……。

乾いた寒風が吹き抜けるハルビン。

街のそこかしこで氷像を見かけた。中央大街という古くからの繁華街にも透きとおった像がいくつも立ち並んでいる。昼間でも氷点下の地だからこそ可能なのであろう。

この時期ハルビンでは有名な「氷雪祭り」が開かれていた。松花江河川敷の広場には、切り出した氷のブロックを積み上げた巨大な氷像が並んでいる。ヨーロッパ調の城、ローマのコロッセオ、天安門……、いずれも見上げるばかりの大きさだ。カラフルな色彩でライトアップされるので、夜間でも防寒具で身を固めた観光客が大勢訪れている。氷像だけではなく雪山を滑り降りる長大なすべり台などもあって、客は長い列を作って歓声をあげている。

訪れるたび中国は変わり、豊かに、綺麗になっているように思う。

「元」は強くなり、逆に「円」は弱体化し、かつての力を持たない。観光地では特に凋落《ちょうらく》ぶりを実感することになる。「氷雪祭り」の入場料も日本円だと6000円を超えるのだ。ホテルの宿泊代も今や日本と変わらないか、場所によってはむしろ高い。だから来日する中国人は増える一方なのだろう。

日暮れと同時にさらなる寒気が襲いかかる。フリースの帽子を深く被り、ネックウォーマーを引き上げても外気に触れている頬の部分がひきつってくる。空腹だからなおさら寒く感じるのだ。しかも我々は金欠であった。空港で両替に失敗、宿泊している高層ホテルでは「元がない」と、両替できたのはわずか。それも氷雪祭りで巻き上げられる始末。中国では我々の持つアメリカ系クレジットカードの支払いができない店も多かった。腹が減った。

闇の中に赤い「四川」と書かれた看板が見えた。

「寒いから、辛いものでも食べますか。あそこなら安いでしょう」

青木センセイの判断で湯気が立ち上る店に入った。

センセイも私もメガネが一瞬で曇る。それを拭ってみれば店内は結構賑わっていた。「知らない土地に行ったら混んでる店に行け」という旅の原則を信じたい。放り投げるように箸や皿をガチャガチャと置いていくウエイターに、青木センセイが中国語で麻婆豆腐やホイコウロウなどオーダーする。私はといえば「ピージウ　ビンダ！　ビンダ！」とただ連呼する。これは私の知りうる数少ない中国語で、「冷えたビール」をオーダーしているつもりだ。

早速届いた「ハルビンビール」の栓を開ける。

それは見事にぬるかった。

やはり中国語は通じなかった。私だってこれまで中国には10回以上は来ているのにこの様である。いや言葉の問題だけではないだろう。中国では基本的にビールは冷えていないのだった。つまりピージウビンダを連呼したところでその「意味」すら通じない店もある。あるいは、こんな季節のハルビンではビールは外に置いておけば凍ってしまう。逆に暖房を十分に効かせた部屋の中で温めているイメージなのかもしれない。

携行してきたガイドブックによれば、ハルビンは「都市別に見たビールの消費量がミュンヘン、モスクワに次いで世界三位」とあり、ちょっと意外に感じた。その理由はわからないが、ヒントはあった。

哈尔滨啤酒

緑色の大瓶のビールに貼ってあるラベルには〈Since1900〉と書かれている。ビール工場のイラストも印刷されていた。１９００年といえば、まさに鉄道によりこの地とヨーロッパが接続しようとする時代だ。そもそもミュンヘン、モスクワ、ハルビンとは「欧亜の鉄路」そのものではないか。交通の発展、伝達によって、文化や生活は劇的に変貌していくのだろう。

テーブルに届いた料理は辛さが適度にアレンジされており食べやすかった。特に麻婆豆腐はついついつい白飯が進む。

青木センセイが手のひらを左右にひらひらさせながら言った。

「この先ロシアに入ったらもう食事は期待できないですよ。ひどいもんです」

「今も黒パンなの？」

センセイは深く深くうなずいた。

「もちろん。『黒パンと川魚の酢漬け』ぐらいしかありませんからね。その魚は生臭く、酒は鼻が燃えるような『ウオッカ』だけです。とにかく覚悟してください。シベリアは行けども行けどもオームリらしいですよ」

オームリとは鮭科の魚で湖でたくさん採れる。ロシア人はそれを酢漬けや燻製にして食べるそうだ。海からは遥かに遠い内陸の地なのだから淡水魚は仕方あるまい。

私は魚は好きで、特に新鮮な刺身となると意地汚いのだが、川魚が得意ではない。しかしセンセイは何年か前に、北海道の支笏湖畔で宿泊した際に私のヒメマスまでウハウハと喜んで食っていた。ならばそれを遥かに下回る味ということなのだろうか。

「ま、おいしいものは今のうちだけですよ」

そこまで言うと、センセイは麻婆豆腐をビールで流し込んだ。それを素直に受け取った私もまた、冬眠前の熊のように次々に腹に詰め込んでしまうのだった。

翌日。少し気温が上がった昼間のハルビンを行く。

タクシーのフロントガラス越しに見る光景は車の屋根、屋根、屋根だ。ハルビン市内は驚くばかり渋滞が激しい。往復6車線の道路が何本も市内を貫いているのだが、時間によっては完全に機能停止する。その渋滞を構成している車といえば大型、中型の四輪駆動車が多い。それもベンツ、ＢＭＷ、アウディ、フォルクスワーゲンといったヨーロッパメーカーの高級車だ。今やこれらの車は中国製造が多いのだから特段不思議ではない。

２０１５年に天津の港湾地区で起こった大爆発事故。その焼け跡に、黒焦げのカブトムシがずらりと並んでいたのは記憶に新しい。それは船積みを待っていたフォルクスワーゲン・ニュービートルの車体であった。

右肩下がりに入ったとも指摘される中国経済だが、当地にはそんな雰囲気はなく、凄まじいエネルギーが渦巻いている感じである。高級車は、互いに道を譲ることもなく、ただクラクションを鳴らし続ける。天にはＰＭ２・５が張り詰め、富を得た高慢さと、時間を失った焦りの気持ちが街全体を覆うかのようだ。

日本にもかつてこんな時代があった。

あれはバブルと呼ばれた頃のことだ。都内を車で移動しようにも激しい渋滞で進むことは困難だった。わずかな距離に一時間、下手すれば二時間かかった。それでもなぜかみんな車を諦めずに高級車を買い、あるいはタクシー乗り場で長蛇の列を作った。深夜となれば繁華街に客は溢れ、タクシーの争奪戦が起こり、運転手は客を選ぶことができた。センターライン寄りを突っ走って乗車拒否するタクシー。その目を惹きつけるために頭の上でタクシーチケットや万札を振る客もいた。みな何かが狂っていたのだ。

当時、私は写真週刊誌の編集部にいた。

毎週200万部の発行を誇っていた雑誌である。発売日の夜に山手線に乗れば、8人掛けの席に座る客の半数くらいがその雑誌を開いていた。さすがに現在のスマホ率には及ばないが、同じ表紙の雑誌がずらりと並ぶその光景は異様だった。誰かが置き去りにした本が網棚にあり、ホームのゴミ箱にも何冊も捨てられていた。出版不況といわれる今では信じられないそんな光景は確かにあった。バブルとか、200万部という数字はつまりそういうことだ。

長い間その雑誌のための写真を撮った。

愚にもつかないスキャンダルのために張り込みもやった。カメラマンとして生活は安定したが、同時に長大な時間を失った。人生の10年間以上を張り込みに費やしたといっても過言ではない。ジャーナリストを目指していたはずなのに、と情けない思いで仕事に向き合っていた時期でもある。それでも時に歴史的な現場に立つ機会も廻ってきた。グリコ・森永事件、JAL123便御巣鷹山墜落現場、北海道南西沖地震津波現場、地下鉄サリン事件、オウム真理教の崩壊、阪神・淡路大震災……。

あれからずいぶん経った。

過去を振り返るなんてしょせん無意味。そう思いつつ、今は75年も前の父の足跡を追っている。若き父の足跡を追うこの旅は､同時に自分の人生を振り返る旅になるのだろうか。

3章 悲劇の大地

タクシーの助手席に座る青木センセイは、運転手と怪しげなコミュニケーションを交わしつつ様々な場所へ連れていってくれる。身振り手振りを混ぜて「ほうほう」と、深くうなずいては私の方を振り返り、「何言ってんだか全然わかんない」などと笑っていたりもするのだが、ありがたい限りだ。

ハルビン2日目。

昼食にはハルビンジャオズ（餃子）を食べた。運転手に紹介されたその餃子店は、中華風のかけらもないファストフード店のようだった。

ガラス扉には、餃子が歩いているような妙なキャラクターが描かれている。地元の人でいっぱいで、観光客が迷い込むことはほとんどなさそうな店だ。メニューを見れば、肉入りや野菜入りなど何種類かの餃子があったので指差しで適当に頼む。

やがて湯気を上げるプラスチック製の大皿が運ばれてきた。蒸された餃子が一皿に15個も並んでいる。周りの人たちを見習って醤油と辣油を適当に混ぜて付けた。もっちりした厚い皮で油分が少ないのでたくさん食べられる。日本で見かけたことがある「ハルビン餃子」や「焼餃子」とはかなり違うものだった。

小さな椀に入った白いスープのようなものも運ばれてきたが、こちらはほとんど味がない。水餃子用だろうか。自己流にいろいろと味つけしたが、結局最後まで何だかわからなかった。ブツブツ言いながらそれを飲んでいる私を見たセンセイは言った。「それって、フィンガーボールじゃないですかね、ははは」

今日もビールで上機嫌である。

鉄道聯隊はハルビンでどう動いていたか。

事前に日本で調べてはみたのだが、公式な軍の資料はほとんど残されていない。本来、軍の作戦や報告というものは厳格に公文書化されている。軍隊では命令なきまま勝手に作戦を展開したり、弾丸を撃ったりすることなどは許されないからだ。

明治、大正、昭和初期あたりまでの鉄道聯隊についての公式記録は見つけることができた。千葉県にあった聯隊本部の資料や地図もあった。ところが日中戦争以降から突然に記録が見つからなくなった。つまり「過去」の記録は保存されているが、「近代」のものがないということだ。

これまでも、何度か終戦前後のことを取材してきたから、このあたりの事情はわかっている。日中戦争や太平洋戦争に関する陸軍書類の多くが１９４５年（昭和20）８月15日前後の数日間でことごとく処分されている。敗戦後、連合軍の目に触れて戦犯に問われることを恐れた軍や政府が、一斉に焼却命令を出したからだ。

市ヶ谷の陸軍省の裏庭では3日間にわたって煙が立ち上り続けた。

戦後、法務大臣を務めた奥野誠亮《せいすけ》は、敗戦時は内務省の事務官だった。その際、公文書の焼却に関わったことを認めている。

ポツダム宣言は『戦犯の処罰』を書いていて、戦犯問題が起きるから、戦犯にかかわるような文書は全部焼いちまえ、となったんだ。会議では私が『証拠にされるような公文書は全部焼かせてしまおう』と言った。犯罪人を出さないためにね。

読売新聞 2015年8月10日

満州で敗戦を迎えた関東軍も、内地からの命令で大量の書類を焼却した。ちなみにそれ以前の日清、日露の「勝ち戦争」は今さら戦犯に問われる心配はあまりない。そのため古い記録は残っているということになる。

わずかに現認することができた鉄道聯隊の記録によれば、父が所属した第二聯隊は1940年頃から主に満州、華北に配置されていた。だが、終戦が近づく45年4月、本土決戦に備えるため聯隊の主力は九州の長崎、熊本方面に移動した。この頃すでに米軍は沖縄本島に上陸。九州へ迫る可能性が高まっていたため、米軍上陸前に国鉄の線路を分断するなどの準備が求められたのだろう。しかし8月15日には玉音放送が流れ、第二聯隊の大半は九州で終戦を迎える。記録によれば8月29日付けで〈復員〉となっていた。

だが、父が残した地図の赤い線はハルビンから日本へは戻っていない。父はサラリーマン時代の経験を買われ、聯隊の経理を担当していたという。そのためか九州への転戦はなくそのまま満州に残っていたのだ。玉砕続く太平洋の島々や、アメリカ軍迫る本土決戦の任務から外れ、一見平和な満州に残留した父は幸運だと思ったか。しかし、その満州の背後には、ドイツ軍との戦いを終えたソ連軍が迫っていた。

運命のサイコロは知らぬ間に不幸の目を出していたのである。

1945年、8月9日未明。ソ連軍が国境を越えて満州へと侵攻——。

ロシアは革命を経て、ソビエト社会主義共和国連邦へと国名を変えていたが、現実としてはかつてのロシア軍が満州の地へ戻ってきたということか。

T34型戦車など5200両もの戦車や自走砲のキャタピラが満ソ国境を踏み越え、東、西、北の三方から乗り込んできた。内陸部には4000人以上の空挺団が落下傘で降下し、遼東半島には船舶で上陸。

ソ連兵は総勢174万人。対する関東軍は78万人。しかもそのうち35万人は6月に満州で「根こそぎ動員」されたばかりの素人同然だった。日中戦争、太平洋戦争の拡大により、関東軍の精鋭は南方戦線などにことごとく移動。「泣く子も黙る関東軍」はとっくに形骸化していたのである。そのため満州に入植した人々が兵隊として招集されていた。十分な訓練も積んでいない民間人や、15歳から19歳ぐらいの少年を集めた「満蒙開拓青少年義勇隊」などが最前線に残された。しかも彼らには十分な武器すら行き渡ってはいなかった。

国境警備隊は、虎頭《ことう》やハイラルなど一部の要塞で懸命にソ連軍を食い止めたが、ほとんどの陣地は短時間で全滅した。

邦人を保護するはずだった関東軍総司令部は首都・新京から、朝鮮の国境に近い、通化《つうか》へと本部を後退させた。ソ連軍が侵攻した場合は満州の4分の3は放棄、広大な満州を利用して持久戦に持ち込む。朝鮮半島を防衛して「日本本土を守る」という「満州切り捨て作戦」があらかじめ決められていたのである。

新京付近には14万人の邦人が在住していた。その一部だけが密かに用意された18本の特別列車で朝鮮に向けて脱出する。列車に乗れたのは軍関係家族や公務員家族、満鉄関係者など3万8000人だったという。その日が来るまで、自らを「一等国民」と信じ生きていた日本人たちの中にもさらに区分があったのである。近年、格差社会を批判する「上級国民」という言葉がネットなどで使われているが、まさにそれか。

ほとんどの邦人は列車に乗れず路頭に迷う。

関東軍に放棄された4分の3の地には27万人もの日本人が残されていた。それも根こそぎ動員により男手を失った老人や女性、子供たちの集団だった。国を信じ、胸を膨らませ満州へと移民した人々は突然棄民にされ、最前線に放り出されたのである。

「王道楽土」は一転地獄と化した。

容赦なく襲いかかってくるソ連軍の機関銃に倒れ、あるいは生きたまま戦車や装甲車で轢断《れきだん》された。接近するソ連軍から逃げ場を失い集団自決した人たちも多い。暴行や強奪が続き、無抵抗の子供が殺害され、昼夜も場所もおかまいなく女性たちが陵辱された。親子が生き別れ、中国人に預けた子どもが残留孤児になっていく……、そのような記録を読むと本当に胸が詰まる。


「略奪は兵士の報酬である」侵略指導者や戦争狂たちは、勝った兵士たちを数日間は野放しにするという。それが古代から変わらぬ戦というものなのだろうか。


関東軍の暴走によって建国された満州帝国。

現地人の怨嗟渦巻く土地に邦人を入植させ「関東軍が守る」と信じ込ませていたが、頼りの関東軍は絵に描いた餅であった。それでも「日ソ中立条約がある」と安心し、邦人の事前の避難や撤退は一度も行われなかった。日ソ中立条約は1945年の4月にソ連から不延長を通告されていたが、それでも条約そのものはあと一年有効だと日本政府は都合よく受け止めていたのだ。

32万人ともいわれる居留民を撤退させるための交通機関や食料もなかったというが、関東軍には別の理由もあったようだ。日本軍の弱体化をソ連軍に感づかれてはならなかった。国境周辺の入植者などが避難や疎開のために動き出せばソ連軍に異変を気づかれるという危惧だった。つまり、開拓団は軍のカモフラージュに使われていたといっても過言ではあるまい。

関東軍が邦人を見捨てたことについて、戦後になって軍の幹部たちは様々釈明もしているが、あまりに大きな犠牲、深刻な結末を見れば、言葉に何の説得力があろうか。

ソ連軍は満州だけではなく、樺太、千島列島、朝鮮北部にも攻め込んでいた。

日ソ中立条約を一方的に破った、宣戦布告が届く前に攻め込んできた奇襲だ……、そう憤慨したところですべては後の祭りである。敗戦国の国民とはかくも無残なものであった。

愛新覚羅溥儀は日本への脱出を試みるが、その寸前に奉天でソ連軍の捕虜となった。ソ連のチタへと身柄が移送される。その後、溥儀は中国へ引き渡された。

まさに天から地へ。

たくさんの勲章を下げ、お召し列車に乗った人が捕虜収容所行きである。撫順《ぶじゅん》の収容所で、国民服に身を包み作業に就く元皇帝の写真を見ると、その落差に驚かざるを得ない。

父の戦争も、溥儀と同じように奉天で終わっていた。

メモにはこう書き遺されていた。

20年8月　ソ連軍侵攻

〝兵器、弾薬足りず奉天へ撤退
〝奉天で武装解除

父の最後の夏。その年は猛烈に暑い日が続いた。連日通った病室で父は吐き出すようにこんな話をしていた。

「鉄道聯隊には弾が5発しか撃てない三八式銃しかないんだ。ソ連は大量の戦車でやってきた。兵隊はマンドリンを腰だめで撃ってくるし、武力では到底勝負にならない。ただ、ひたすら逃げ回るしかなかった」

招集から僅か3ヶ月間の訓練。しかも大半は鉄道に関わるもので実戦経験はなかった。鉄道聯隊の銃は三八式歩兵銃の一種で「三八式騎銃」というものだ。通常の三八式より銃身が30センチほど短い。騎兵や工兵隊用に取り廻しを良くするために短縮しているのだが、結果、命中精度も低くなる。そもそも原型である三八式歩兵銃自体が、１９０５年（明治38）に採用された日露戦争時代のシロモノだ。なぜこんなにも古いものを使い続けていたかといえば、大量に作り過ぎて在庫過剰になっていたからだという。

一方、日本兵がマンドリンと呼んだソ連兵の銃は「PPSh-41」という１９４１年式の短機関銃だった。肩からストラップで下げた姿が楽器のマンドリンに似ていたからそう呼ばれた。機関銃としては小型軽量だが、35連発もの連射が可能だ。歩兵の武器ひとつ見てもソ連軍と対等の戦争などできるはずがなかったのである。

そして父は捕虜となる。

その時の様子は聞き逃していた。

8月に同じ奉天で捕虜になった人の手記を見つけた。武装解除の様子がわかるので引用してみたい。


昭和二十年八月二十日。この日、満州奉天（現在の瀋陽）郊外の広場には、私たちが武装解除した兵器をうけとるために、ソ連軍が待ちかまえていた。

ソ連軍の兵隊や将校を、こうして間近に見るのは、はじめてであった。

マンドリンといわれる自動小銃や、細い剣のついた小銃を持ったソ連兵は、私たちの隊列の両側に陣どって、警戒にあたっていた。

その兵隊たちをよく見ると、東洋系から蒙古系、それにロシア系と、人種もさまざまであることがわかった。

武装解除といっても、一人ひとりの兵隊から武器をとりあげるのではなく、小銃やゴボウ剣、その他一括したものを広場へ運ぶだけの作業である。

「モウ、アリマセンカ、ヘイキ、カクシテハイケマセン」

ソ連の通訳は女の将校である。軍隊に女がいることは、私たち日本兵にとって驚きであった。（略）

広場には、日本軍のトラックや乗用車、ドラムカン、銃器、弾薬その他の資材があふれていた。これらのものが、そっくりソ連に取られるのかと思うと、負けたとはいえ残念でならなかった。

斎藤邦雄『陸軍歩兵よもやま物語』光人社

この後、ソ連兵たちは「ドバイ、チスイ」（時計をよこせ）と日本兵に迫って腕時計を次々に奪っていく。中には腕に5個も6個も時計を巻いたソ連兵もいたという。

父は病室でこうもつぶやいた。

「露助《ろすけ》には本当にひどい目にあった……」

日ソ中立条約を破ったソ連の満州侵攻、シベリア抑留、命がけの引き揚げを強いられた人たちからすれば、当然の思いかもしれない。

一方、中国人にとって満ソ侵攻とはどんな意味を持っていたのだろう。

ハルビン市南崗《なんこう》区一曼街というところに白亜の洋館が建っている。中央部分に三角屋根を載せた石造りの建物は、まるでアメリカのホワイトハウスを小さくしたかのようにも見える。１９２８年に図書館として造られた建物だったが、33年に日本は警察庁の庁舎に接収して関東軍憲兵司令部を置いたのである。

現在この建物は「東北烈士紀念館」という資料館になっていて、東北地方、つまり占領された満州を解放しようと闘った人物や、犠牲になった人々の名を残している。

館内には「偽満《ウエイマン》」という説明が何ヶ所にもある。満州を国家として認めていない中国は偽満州国と批判しているのだ。中国では満州事変や日中戦争を「抗日戦争」と呼ぶ。一方的に侵略してきた日本軍に抵抗した戦争であるという意味だ。

八月九日からのソ連軍満州侵攻がパネルになって展示されている。ソ連軍は満州を包囲するようにあらゆる方向から迫っていた。

「すごいですね。この戦車軍団の矢印の数。そして内陸部には落下傘部隊ですか。大草原に次々と降りてくる落下傘。それを見た日本人たちは恐ろしかっただろうな」青木センセイも見入っている。

一枚の写真の前で足が止まった。

ソ連の戦車が国境を越えて満州の地に入ってきたカットだ。二階建ての店が並ぶ街路に縦列で数台の戦車が停まっている。砲塔の周囲に立つ何人ものソ連兵たち。将校もいればマンドリンを下げた兵士もいる。ソ連戦車をぎっしり囲んでいるのは中国人だった。夏の日差しの中で帽子を被った半袖姿。

みんな笑顔だった——。

多くの人が頭上に手を挙げ、手を叩いている。表情はみな明るく、大人から子供までソ連軍を歓迎している様子だ。

この時中国共産党主席の毛沢東はソ連政府に電報を打ったという。

われわれはソビエト政府の対日宣戦布告を熱烈に歓迎する

日本軍や日本人に「三等国民」と抑圧されてきた中国人にとって、その日は「解放の日」だったのである。

「泣く子も黙る」関東軍がソ連軍の手によって武装解除されると、それまで武力に抑圧されていた中国人の怒りは爆発する。一部は暴徒と化して日本人を襲った。その変化に驚愕し「裏切られた」と受け取った日本人も多かったという。

ソ連軍の満州への侵攻について、あるロシア人に聞いてみた。

「満州の中国人はソ連人の友達でした。しかし、日本人の下で大変な生活をしていました。何万人が殺されたという情報もありました。そこから助けるにはソ連の手伝いが必要だったのです」と言う。これが一般的なロシア人が持つイメージなのか。ただしソ連の侵攻で、日本人がいかに非道な目にあったかについては知らなかったようだ。学校でも教えられていないのだろうか。

東北烈士紀念館は、地下に降りていくとその雰囲気はがらりと変わる。憲兵司令部だった建物の地下には拷問室が再現されている。高い天井の鉄格子の部屋には、梁から人間をぶら下げるための鎖やロープが展示されていた。

烈士とされる人物や、土地を奪われて立ち上がった農民たちは植民地化を推し進める日本軍にとって邪魔な存在だった。憲兵は彼らを「匪賊」と呼び、あるいはスパイや政治犯として捕らえては厳しく取り扱った。

その場所は今も陰湿な気配が支配していた。

床に、等身大の人型をした箱が置かれ、その上面にはベルトが付いていた。大の字に人間を縛り付けられるようになっているのだ。そうしてムチや鎖で打ち、ヤカンで顔に水をかけたという。

「あの人型の拷問台怖いんですけど。あれと確か同じものが旅順にもありましたね」

センセイは私と同じことを考えていた。確かに以前一緒に行った旅順の刑務所で同様のものを見たのだ。私も思わず口を開く。

「実際にあんなのに縛られて、やりたい放題やられたら苦しくてたいていの人は何か自供しちゃうでしょうね。自供しても、自供しなくてもどうせ死刑なんだから、だったら一瞬でも楽な方を選んじゃうんじゃないかな」

センセイは経験者のように言った。

「拷問受けると舌噛み切って死のうとするらしいですけどね、これが痛いだけで意外と死ねないそうです……」

取り調べと称し、憲兵たちが歪んだ権力を吐き出す場所と思えてならない。日本人がそのような拷問をしていたと信じたくない人は多いだろう。けれど、同様の設備は日本が作った他の刑務所にも残されている。旅順もそうだが、韓国のソウルでも見た。日本統治時代に使われていた西大門《ソデムン》刑務所は今「歴史館」として保存されているのだが、レンガ造りの構造は旧網走刑務所などと似ていて、内部には反日運動家たちを幽閉した独房や拷問室があり、木造の死刑台まで見ることができる。

戦時下の憲兵や特高警察が、日本国内でも激しい拷問を行っていたのはよく知られていることだ。プロレタリア文学『蟹工船』を遺した作家、小林多喜二は特高警察の尋問を受け1933年（昭和8）に死亡している。拷問を受けたとしか思えない全身アザだらけの遺体となって返されたが、それでも警察は「心臓麻痺」と発表した。33年とは、満州建国の翌年の出来事である。同邦人でも国にとって都合の悪い書物を書いたらこの仕打ちであった。ましてや敵国人やスパイと断定されたらどんな扱いを受けるかは想像するまでもない。ただし、その逆も然《しか》りで、ソ連や中国が捕えた日本人スパイに対し同様の拷問もあった。そしてそれは現在でも多くの国で起きていることだ。

ここ憲兵司令部に連行された人々はその後どうなったか？

彼らは、時折司令部の建物に横付けされるモスグリーンのライトバンに乗せられ、いずこかに運び去られていったという。意外にもその行き先が、この旅で明らかになっていく。

タクシーに揺られて郊外へ向った。

「上海大众」という中国メーカーのエンブレムが付いている金色のフォルクスワーゲン・サンタナだ。優に20年を超えていて、いってしまえばポンコツである。後部座席の革張りシートはボロボロ、これ以上は凹まないほどにクッションはへたっていて尻が床に触れて痛い。車のダンパーも抜けているから車体は大きくはずむ。しかし大柄で丸顔の女性ドライバーは優秀だった。輝く新車たちが旋回するロータリーの渦の中を、器用にステアリングを廻し抜けていく。

時々、道路際に停まっている車が何やら売っている。

金属製のスタンドを立て、大きな川魚や鳥を何匹もぶら下げていた。鳥は派手な柄の羽毛がついた雉《きじ》だ。ハルビン市内の気温は氷点下17度だったから、おそらく魚も鳥も棒状のまま凍りついていることであろう。そのまま今夜のおかずになるのか。

ハルビン中心部から南へ20キロ。平房《へいぼう》という場所でブレーキを軋ませタクシーは止まった。ステアリングから手を離した女性が黒い建物を指す。そこは、かつての関東軍731部隊の本部。「石井部隊」とも呼ばれる細菌兵器の研究施設があった場所だった。

今回の旅は731部隊の取材ではもちろんない。ハルビンを事前にリサーチする中で「七三一部隊遺跡」と呼ばれる展示館が建てられていると知って興味を持ったのだ。気持ちのうえでは旅の寄り道だった。

その建物は、まるで巨大な黒い墓石が倒れ込んだかのような不思議なデザインだった。閑散としたロビーに入っていくと数名の女性スタッフが退屈そうな顔をして受付に立っている。カウンターには、中国語や英語など様々な言語のパンフレットが用意されていた。私が引き抜いた日本語のパンフレットにはこうあった。

１９３３年から１９４５年まで、侵華日本軍第七三一部隊は大規模な人体実験と細菌戦を行い、人間にたいして想像出来ないような災いをもたらした……

部隊の正式名称は「関東軍防疫給水部本部」という。満州第七三一部隊を略して７３１部隊と呼んでいた。表向けの任務は名のとおり衛生的な飲料水の供給や伝染病の研究をしていることになっているが、その実、細菌戦に使用する生物兵器の研究・開発機関で、石井四郎隊長の下、東京帝大、京都帝大などから優秀な研究者を集めて人体実験までが行われていた場所であった。

人体実験の被験者を、ここでは「マルタ」と呼んでいた。

丸太から来た隠語だというが、多くはスパイ容疑で逮捕された人だったという。

館内のガラスケースには、メスや注射器などの医療機器やガスマスク、そして錆びた太い足枷《あしかせ》などが並んでいる。日本人にとってあまり居心地の良い場所ではない。なにしろ周りには修学旅行生など、大勢の中国人たちの見学者がいるのだ。南京市にある「南京大虐殺紀念館」を初めて訪れた時の孤立感を思い出した。

この平房から北西に約２６０キロ離れた安達《アンダー》という場所にも実験場があり、そこで恐ろしい試みが行われたという。

実験場を描いた大きな壁画や図面があった。

円陣を組むように原野に40本の十字架が並んでいる。その一本ずつにまるでキリスト画のように人を貼り付け、逃げられないようにして毒ガスや細菌の人体実験を行っていた。陶器で作った爆弾の中に細菌などを入れて円陣の中央で爆発させたというのだ。ペスト、炭疽、コレラ、結核、チフス。そして捕虜を縛って水をかける凍傷実験などで多くの人間が犠牲になったと訴えている。壁画の足下には割れた陶器爆弾の破片がずらりと並んでいた。

進軍していく戦いの最中で起きる残虐行為。それとは違う計画的な恐ろしさがここにはあった。

犠牲者の正確な人数は今も明らかになっていないが、およそ３０００人が非業の死を遂げたといわれている。

ホールの片隅にモスグリーンに塗られたライトバンが置かれていた。

１９３２年製ゼネラルモーターズ社のダッヂバンだ。前方に大きく突き出したクラシックなボンネット。先端のラジエータグリルには小さな赤色灯が付けられている。古い救急車のように見えなくもないが、その無骨さはむしろ装甲車に近い。車両の後部は大型のワゴン車のように改造され、側面窓には鉄格子がついている。だがガラスは真っ暗で中は何も見えない。

当時、このダッヂバンを運転していた日本軍の越定男という人が戦後になって手記を書いていた。氏は部隊の第三部運輸班に所属して石井隊長の送り迎えなどをしていたが、その一方この車でマルタの輸送に携わっていたという。それは「加害者」の記録だった。

マルタの受領場所は三、四カ所あった。ハルピン駅の端にある憲兵隊分室、ハルピン特務機関、ハルピン憲兵隊本部……。

『日の丸は紅い泪に』教育史料出版会

越氏は、ハルビンのあの憲兵司令部などに逮捕された人々を迎えに行った。匪賊やスパイ、政治犯と決めつけられた人たちがマルタにされていたという。その後、ダッヂバンで平房本部から安達の実験場までマルタを運び続けたというのだ。

昭和19年の冬のある日、越氏たちは十字架に40人のマルタを縛り付けて実験を行った。遠方から双眼鏡を使って陶器爆弾の爆発を待っていたところ、マルタたちがロープをほどいて逃げ出したという。もし逃亡されたら７３１部隊の秘密が外部に漏れてしまう。そこで彼らは何をしたか。

30本のマルタをつぶした私

私はすぐに憲兵のいわんとすることがわかり、車にとび乗った。ダッチ・八十五馬力のエンジンは悲鳴をあげ、スピード四十キロから五十キロでマルタを追った。

私は無我夢中だった。この時、これから、私自身が殺人を犯すのだという苦悩などまったくなかった。ただ逃げられてはまずいということだけだった。私はとりあえずマルタに車のバンパーをぶっつけていくしかないと思った。

まず逃げ足の遅れたマルタをとらえた。真正面に必死で逃げるマルタを確認すると、一杯にアクセルを踏んだ。特別車のボンネットは一メートル五十センチと高いので、ぶっつけられたマルタは大抵車の下にもぐる。柔かいゴトゴトというようなショックが、私たちにも伝わってきた。それが一人目だった。

以後私は殺人鬼のような形相でハンドルを回していったように思う。

時には私がひるむと、憲兵の厚い大きな手が直接ハンドルにかかる。車は横倒しになりそうなほど急カーブを切る。前輪でマルタの背後からひっかける。ふりむくマルタの恐怖でひきつった眼、大きく開けた口をめがけて車をぶつける時は、さすがにブレーキを踏んだ。うめき声や悲鳴が時々エンジンの音をこえて耳に入る。人間という動物はもろいもので、そのまま血を吐いて動かなくなる。私たちはこの時、とにかく逃げられては困る。相手を捕えなかったらこっちが腹切りものだと思って必死だった。

『日の丸は紅い泪に』教育史料出版会

人間をマルタと呼び、単位を「本」で数えていた。

厳冬の原野で次々に人を押し倒していく緑色の車。多くの人を死地へと運んだだけではなく、自らも殺人に加担していたのだ。越氏はこうも書き遺していた。

マルタの大部分は中国人やロシヤ人であった。ひげの生えたロシヤ人は、年令がよみとれないが、中年肥りで腹の出っ張ったマルタはほとんどなく、どれも健康で若かった。

『日の丸は紅い泪に』教育史料出版会

731部隊の犠牲者にロシア人がいたことに衝撃を受けた。満ソ国境を超えた戦車が日本人を踏み潰す前に、先に日本軍がロシア人を殺戮《さつりく》していたことになるからだ。

展示館のパンフレットにはこうもあった。

1939年、七三一部隊はノモンハン戦争で初めて細菌兵器を使用した。これを機に、数回にわたり遠征隊を組織し、日本軍の侵攻作戦を支援し、浙贛鉄道沿線、湖南省、雲南省などの地区で何回も細菌戦を行った。この影響で疫病が大規模に流行し、中国人民に巨大な災難をもたらし、自然生態と人類生存環境にも深刻な危害を与えた。

細菌兵器の使用。これに関する日本軍の公式記録は見つかっていない。ソ連軍の侵攻を知った731部隊は、膨大な実験資料のほとんどを焼却した。市ヶ谷の陸軍省などで行われた証拠隠滅がここでも起っていたのだ。さらに工兵隊は731部隊の実験施設を次々に爆破して証拠を隠滅した。

雪の中にはいくつかの廃墟が今も点在していた。

頑丈なコンクリートで作られたガス発生実験室。細菌弾組み立て室、動物地下飼育室。逃亡前に膨大な機密文書を燃やしたという大きなボイラー室……。その巨大な外壁だけが残り、紺碧の空を背に直立していた。ぽつんと残った2本の太い煙突には自らで爆破した穴が何か所も空いている。まるで悪魔の縦笛のように大陸の風が通り抜け怨念の曲を奏でていた。

大日本帝国とは、満州とはいったい何だったのか。

決して消せない負の遺産は、中国の大地に根を張ってそびえ立っていた。

敷地内を歩いていてふと足が止まった。

雪に埋もれた二条のレールが延びていたからだ。(本章扉写真)

日本の鉄道より幅が広い標準軌だ。調べてみると1935年に近くの平房駅から731部隊の中へと延ばしてきた引き込み線だった。広大な農地を横切って塀の切れ目から部隊内へと入っていた。ポイントで分岐した先には乗降スペースがある。死の施設でも鉄道は軍事利用されていたのだ。この鉄路で運ばれてきたマルタもいたのであろう。

降車場《ランペ》……、そんな言葉がふと頭に浮かんだ。

満州へソ連軍が雪崩込んで来た時、731部隊はこの鉄道を使って脱出を図った。列車に隊員やその家族、食料などを満載して朝鮮を目指して逃げたという。部隊最後の様子も越氏の手記に残されていた。

引込線に貨車をつけ、米、味噌、塩などをトラックに積んで運び入れる。（略）官舎から運び出した畳をその上に敷きつめる。長い梯子をかけて、女、子どもをのせる。（略）

連結車輛は、五十車輛、しのつく雨をついて発車の汽笛を鳴らした。しかし、雨でスリップしてなかなか動かない。機関車は車体をふるわせて蒸気を吐き出すのだが、むなしくレールを噛む車輪の音ばかりで、なかなか進んでいかない。

『日の丸は紅い泪に』教育史料出版会

越氏は、その後残っていた数百人のマルタ全員を青酸ガスを使って殺害。遺体に重油をかけて焼却し、遺骨は松花江に投棄したという。

石井隊長は、8月10日に関東軍総司令部から撤退命令を受けていた。

①貴部隊は速やかに全面的に解消し、職員は一刻も早く日本本土に帰国させ、一切の証拠物件は、永久にこの地球上より雲散霧消すること。

②このため工兵一個中隊と爆薬五トンを貴部隊に配属するようにすでに手配済みにつき、貴部隊の諸設備を爆破すること。

③建物の丸太は、これまた電動機で処理した上、貴部隊のボイラーで焼いた上、その灰はすべて松花江（スンガリ河）に流すこと。（以下略）

半藤一利『ソ連が満洲に侵攻した夏』文春文庫

③の「建物の丸太」が何を意味しているかは、もはや説明不要だろう。

証拠を隠滅し、一目散に日本に逃げ帰った石井隊長は、隊員たちに秘密厳守を指示する。その後、この悪魔の実験を知った米軍は幹部たちの尋問を行う。石井は一部持ち帰っていた実験データーレポートを米軍に提供することで戦犯を逃れたといわれている。その後も別の戦争を遂行する米軍にとって、悪魔の実験レポートは貴重だったのだろう。

731部隊に撤退命令を下したように、関東軍幹部はソ連軍と戦う前から新京への撤退や満州の4分の3を放棄する計画を決めていた。それはソ連との物量差や機甲部隊の強さを知っていたからだ。後に触れるが、それまでのソ連との戦い「シベリア出兵」や「ノモンハン事件」ですでに日本軍は手痛い経験をしていたのである。そして実際に満州もまた信じられない速度でソ連に制圧された。

「昭和20年、日本は連合国に敗北した」その現実については誰もが認めているであろう。

だが、「日本は中国にも無条件降伏した」という事実となると、なぜか日本国内では曖昧になっているように思える。

そもそも、日本の「降伏」とはいつの時点をいうのだろうか。

おそらく日本人の多くが8月15日の天皇・玉音放送を思い浮かべるだろう。だがそれはあくまで日本国内での終焉に過ぎない。国際的な降伏は「降伏文書」への調印で確定した。9月2日。東京湾に停泊していたアメリカ軍艦ミズーリ号。その船上で、天皇と日本政府を代表し重光葵《まもる》外務大臣が降伏文書に調印。連合国との間で交わされたこの書面により、日本の降伏とポツダム宣言の受諾が正式に確認されたことになる。

ではこの時の連合国——、とはどの国をいうのだろう。

代表は4連合国だ。

アメリカ、中国、イギリス、ソビエトである。

続いてオーストラリア、カナダ、フランス、ニュージーランドなども署名している。つまり日本は中国にも敗北したことを世界に向けて認めているのだ。

だが、現在に至ってもその事実すら知ろうとしない人もいる。「中国になど負けていない」と逆上する人と会ったこともある。そのような反発はどこから湧いてくるのか。今も日本人のどこかに染み付いたままになっている「一等国民」の感覚なのか。その真の理由に行き当たらない限り、日本人と近隣諸国の摩擦は永遠に続くのではなかろうか。歴史事実をも強引に捻《ね》じ曲げようとする頑強な根の先端である。

玉音放送が流れた8月15日を日本では「終戦記念日」としているが、中国では降伏文書調印の翌日9月3日を「中国人民抗日战争胜利纪念日」と呼んでいる。

幻の国家、満州国は13年間で終わりを告げた。

日本本土や朝鮮防衛の生命線として満州が必要。そう唱える軍部の暴走によって手にした領土。ならば、なぜそんな「防衛の地」に一般邦人を住まわせたのだろうか。その国策が悲劇を招いたのではないのか。

ソ連参戦に至る20年以上も前にそのリスクを訴えていた識者がいる。当時はジャーナリストで、戦後に総理大臣になった石橋湛山《たんざん》である。

論者は、これらの土地を我が領土とし、もしくは我が勢力範囲として置くことが、国防上必要だというが、実はこれらの土地をかくして置き、もしくはかくせんとすればこそ、国防の必要が起こるのである。それらは軍備を必要とする原因であって、軍備の必要から起こった結果ではない。しかるに世人は、この原因と結果とを取り違えておる。謂《おも》えらく、台湾・支那・朝鮮・シベリア・樺太は、我が国防の垣《かきね》であると。安《いずくん》ぞ知らん、その垣こそ最も危険な燃え草であるのである。

「東洋経済新報」大正十年社説「大日本主義の幻想」『石橋湛山評論集』より

湛山の危惧したとおり、奪った領土は壮大な燃え草と化し、邦人の命を奪ったのである。

4章 ボストーク号

スマホが教えてくれた今日の最低気温はマイナス11度だった。

日本を出てから5日目の朝を迎えた。

ハルビンでの滞在を終え鉄道の旅が始まる。どっしりと垂れ込む曇天の下、渋滞する大通りをタクシーで抜けてハルビン駅前で降ろしてもらった。念のため列車の出発時刻の1時間以上前に到着した。

外観はクラシカルなデザインのハルビン駅だが、内部に入れば綺麗に改装されていて長いエスカレーターが並行して何本も動いてる。

「いよいよシベリア鉄道に乗れます」と上機嫌の青木センセイだが、改札口の前まで進んで行くと、なぜか歩みが遅くなってきた。手にしていたチケットをじっと見て、やがて口を開いた。

「この切符で乗れるんですかね……」

確かに、他の客を見れば、日本と同じような磁気タイプのチケットを持っていて、それを改札機にピッとかざして構内に入っている。しかし我々が東京の代理店で入手した切符はただの紙っぺら一枚の印刷物だ。

仕方なく一番端にあった有人改札でそれを見せた。漢字とアルファベットと数字が混在したそのチケットもどきを職員がじっと見ている。男の眉が寄る。目尻も次第に上がってきて何やら不穏な雰囲気が漂ってくる。すると間髪入れずに青木センセイが口を開いた。

「あー、これは☆@&♪G#だから～◇k◎ゥ%$*Wでしょ！　つまりOKなんですな」

言語不明、意味破綻な呪文を唱えると青木センセイはその紙を職員からさっと奪い、半ば強引に構内に入って行くではないか。得体の知れない突破力はさすが元特派員である。幾多の修羅場を潜ってきたことに違いない。などと感心していたら私は中国残留親父になってしまう。「俺も俺も」などと日本語で発しながらそれに続く。

二階に上がると、巨大な待合室があった。

わーん、と人々の声が響いている。凄まじい奥行感。反対側が霞むほどに広い。ドーム状の屋根の下に無数のベンチが並び、大きな荷物を携えた人たちがじっと座ってそれぞれの列車を待っている。中国という国の凄さを感じるのはこういう瞬間かもしれない。

ところが、これから列車に乗ろうとしている人がこれだけいるのに、売店はおろか飲料水の自販機一台見当たらない。実に不思議である。駅は国の施設という考えなのだろうか。駅に入る前にいろいろ買い込んでおいて良かったと思う。

我々が乗る列車は、北京発モスクワ行きの国際列車で「ボストーク号」という。昨日の

23時にすでに北京を出発しているはずだ。天津、洛陽などを経て15時47分にここハルビン駅に到着するダイヤである。出発時間は15時55分。

しかし待合室のでかい電光掲示板を見ても、ボストーク号などという文字はどこにもない。「1555」という出発時間の列車を探せば、14番線から出発する「満州里」行きだけである。行き先を「モスクワ」と表示せず、中国内の終点となる満州里駅を表示しているということだろうか。旅人にはどうにもわかりにくい案内だ。

まあ、乗り損なったら次の列車を待てばいい……、とはならない。日本の通勤電車のようにはいかないのだ。なぜか。次にボストーク号がこの駅にやってくるのはなんと一週間後なのである。そのうえパスポートに貼られたロシアのビザは、出入国日がきっちりと決められている。つまりここでの列車への乗り遅れは旅全体の終了を意味する。この場面では少々緊張せざるを得ない。

電光掲示板の満州里行きの「状态」という欄を見ると「正点」である。つまり列車は定刻という意味なのだろう。たぶんだが。

それぞれのホームに降りるには専用の改札を通過しなければならない。ところが我々が乗車予定の14番ホームの改札口には人が誰もいない。ドキドキしながら待つこと小一時間。発車時間が近づいた頃、ようやく職員がやってきた。再度チケットをチラっと見せてそこを通過。大荷物をズルズルと引っぱってホームへとエスカレーターで降りていった。

高い屋根を持つ立派なホームに列車が停まっていた。鈍く輝くシルバーグレーの車体に赤い斜体ラインが入った洒落たデザインの客車だった。前後が見えないぐらい長い編成で、外観が緑色をした古い車両も一部混在していた。

ボストーク号？

「coach4」とチケットには書かれているので、4号車前に行くと「4　Москва」という看板が見えた。おぉ、想像どおり満州里行がモスクワ行きだったのである。

真っ赤に塗られたドアの前にロシア人女性車掌が立っていた。やはり真っ赤な帽子から金髪が少し覗いている。紺色の分厚いロングコート姿だ。我々のチケットを受け取った彼女はそれをじっと睨《にら》んでいる。スパイ大作戦や脱走映画などで、主人公が偽造の身分証明書を見せたりするシーンがあるが、この緊張感はなんだかそれに似ている。

白人、金髪、高い背。それだけで相手に優位感を感じ、はい、あちら様が正しく、間違っているのはこちら、と思ってしまう貧乏性はいつから身についたのであろうか。

すると、彼女は意味不明の何かを言った。

どうやらさっさと乗れということらしい。なんとも無愛想で冷たい態度だが、それでもとりあえず嬉しかった。この列車が「ボストーク号」であり、我々の予約内容に間違いがないことがここで初めて明らかになったからである。このあたりが国内旅行と全く違う感覚だ。しかし、例のチケットは彼女がそのまま回収してしまった。それでは我々が向かうべき席がわからないではないか。

センセイが車掌に場所を聞く。

「ったく無愛想な女車掌ですぜ。不親切なことこのうえない。これがロシアって国なんですよー」と早速ごちる。といっても、まだ中国ではないか。

車内の通路は車体の右側に寄っている。大荷物を引いてそこを行く。

「あっと、ここですな」とセンセイは「8」と書かれた部屋に入った。コンパートメントは2人用の個室である。贅沢にも一等車だ。荷物から必要な物を出し、スーツケースを棚の上に乗せたり座る場所を決めたりとバタバタ忙しい。

定時15時55分、汽笛もベルの音もなく列車は静かに動き出した。

ホームを離れ、複雑に敷かれたレールのポイントを次々と渡り、やがて線路は2本へと集約された。イルクーツクまで2泊3日の鉄道の旅が始まった。鉄道の旅は出発の瞬間が最高だと思っている。ここで駅弁の箸をパキンと割るか、缶ビールをプシュッと開ければなおさらすばらしいのだが、残念ながらそんなものはもちろんない。

室内にはシートを兼ねたベッドが前後に2つ並んでいる。すでにシーツが敷かれて薄い枕と細長い毛布が置いてあった。座ってみれば座面はやや高く硬めである。窓際には50センチ幅ぐらいのテーブルが備え付けられていた。二人で十分に使えるサイズだ。

青木センセイはといえば、座席の背中側に備え付けられている棚に、日本から持ってきたサントリー角瓶や韓国で買った焼酎を並べ、ペヤングソースやきそばの箱をいくつも積み上げている。対面に座る私から見るとまるで雑貨店である。店主となった青木は言った。

「なにしろこの先、飯はどうなるかわかりませんからね。運が良くて『オームリと黒パン』。

す。なのでどうぞこちらをご利用ください」などと口走っている。そのうえ酒は『ウオッカ』で
悪ければ『黒パンとオームリ』です。本当にそれしかない。そのうえ酒は『ウオッカ』で

自分のバッグから芋焼酎とカップ麺を取り出した。

日本を発つ前、我々は持ち物について入念な打ち合わせをしていた。新橋ガード下での
ハイボール密談である。センセイは細かくレクチャーしてくれた。

「食堂車はありますが、おいしくないですからみんな食べ物を持ち込んでますよ」

「どんなものを？　日持ちしないとやばいね」

ぐいっと角ハイボールを煽ってセンセイは言った。

「パンとかカップ麺ですな」

「カップ麺って、車内にお湯があるんですか？」

「ふふふ、ポットが置いてあって、給仕がお湯を入れてくれるのです」

また、ぐいとハイボール。

「それは親切ですな、日本の列車ではお湯はもらいにくいですからね」

「そう。あと、正露丸も断じて必要です！」

ぐい、ぐい。

「断じてって、冬でもお腹壊すの？」

ぐい。

「まあ、それもありますが、ウイっ。あれは元は『征露丸』って書きましてね、日露戦争

の時に日本軍の軍薬として作られたんですよ。だ　か　ら　あー。箱にはラッパのマークがあるでしょう。それでパッパラァのパーなんです。ウイっ。よーし正露丸とサントリー角を持ってロシアに殴り込みだ、さあ返せ、北方領土！」ぐい、ぐい、ぐい。

最後はいつもめちゃくちゃである。


巨大なハルビンの町並みを抜けた列車は、地平線を背にする枯れた草原を突っ走っていた。見渡す限りの大地だ。草と地平線以外には何も見えない。

関東軍がどうしても手にしたかった満州の土地である。

ここはお国を何百里　離れて遠き満州の
赤い夕陽に照らされて　友は野末の石の下

そんな戦場の地に民間人を移住させた国家。

守ってくれると信じた軍に放り出され、ただ荒野を彷徨《さまよ》うことになった日本人たち。大陸の花嫁を夢みてこの地に来た若い女性は大きな荷を背負い、幼子の手を引いて絶望的な足取りで歩く運命に追いやられる。背後に迫るソ連戦車の速度は凄まじい……。

想像するにあまりに痛ましい。

そして、今走り続けているこの鉄路こそが、満州の地からシベリアへと送られた捕虜の導線でもあった。

残された父のメモにはこうあった。

12月　ソ連軍の捕虜、貨車でイルクーツクへ

隙間風抜ける木造貨車に揺られて、イルクーツクまでどれほどの日数がかかったのだろうか。当時は、速度の遅い蒸気機関車である。

持ってきた地図をテーブルに広げる。

ボストーク(BosToK)とはロシア語で「東方」という意味である。モスクワから極東へ向かう列車だからそう名付けたのであろう。しかし我々はその逆向きの列車、日本でいう「上り」列車に乗って西へ西へと向かっているわけだ。

前述したが、一般的に日本で知られている「シベリア鉄道の旅」といえば、ウラジオストクとモスクワを結ぶ路線だろう。中露国境線の北側に沿って走るアムール線、ウスリー線経由で走行距離は９２８９キロ。こちらには「ロシア号」という名の列車が走っており所要時間は７日間だという。

一方、北京発のこのボストーク号は、旧東清鉄道を走って満州里からロシア国境を越えチタという場所でシベリア鉄道と合流する経路だ。全走行距離は８９６１キロ。我々が乗るハルビンとイルクーツク間はそのうちの２４２０キロに過ぎない……、のだがそれでも

十分に長距離だ。日本に置き換えると、札幌から那覇までの飛行距離が2418キロである。この区間を飛ぶ飛行機は国内線としては最長なのだ。大陸の広さは日本人の感覚を狂わせる。

捕虜たちはそんな長距離を、真冬に貨車で運ばれたということだ。

それにしても、この東清鉄道を敷設したのはロシアであるが、なぜ、清国は自国内を通過することを許可したのだろう。調べてみるとその遠因に日本が関係していた。

それを知るためには、少々歴史を遡らねばならない。

寄り道となるが、この時代背景を駆け足で振り返りたい。

19世紀とは、欧州列強がアジアの植民地化を推し進める時代だった。資源や市場などを求めて大国の軍が砲艦外交を行っていたのである。うかうかしていたら日本も植民地にされる可能性があった。

時は1853年、ついに黒船に乗ったペリーが浦賀へとやってきた。翌54年、日本は200年以上も続けてきた鎖国を終え、以後「攘夷論」と「開国論」の間で日本国内は揺れ続ける。大政奉還、倒幕に至り、1868年に明治時代が始まった。廃藩置県に廃刀令、武士も廃業。日本は近代化への道を進み、軍事力を高め、1873年には徴兵令も敷かれた。

そんな「遅れてきた帝国」が軍艦で海外へと出て行き、清国との間で朝鮮半島の支配権を争ったのが日清戦争ということになる。

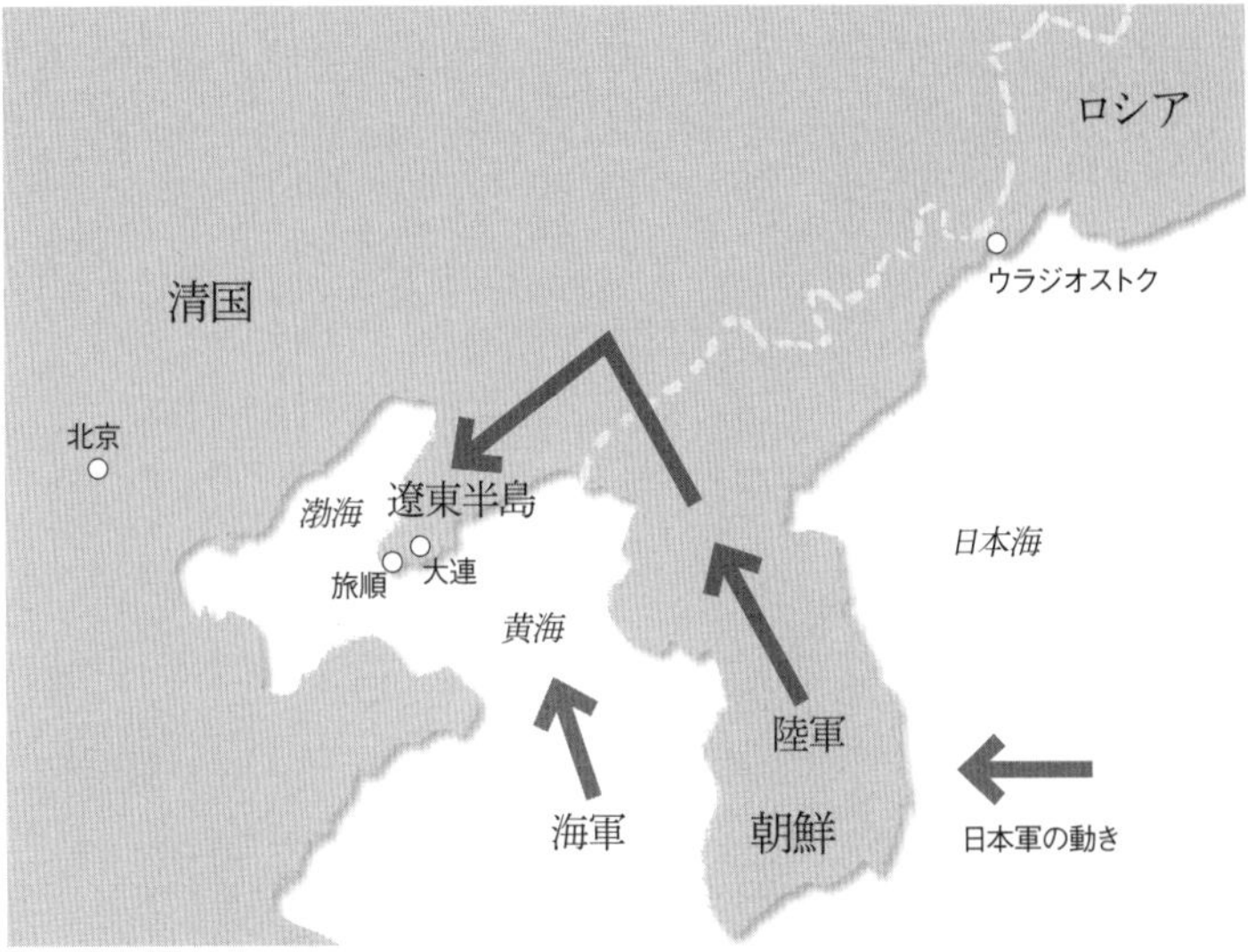

[地図5] 日清戦争(1894年〜95年)。朝鮮半島で清軍と衝突した日本軍は黄海の制海権を奪い、清国に侵攻。遼東半島にまで攻め込み、旅順を陥落した

1894年2月に朝鮮内で農民による内乱・甲午農民戦争が起きたのをきっかけに、6月、明治政府は依頼もないのに日本軍を派遣する。名目は「公使館、在留邦人の保護」だった。つまり朝鮮に在住している邦人を守るためという理由づけである。今の時代も同じであるが、他国の領土へ、自国の軍隊を派遣するというのは大変なことである。そのため、自国民の保護や、その輸送が大義とされることが多い。

朝鮮半島では、朝鮮政府から鎮圧の要請を受けた清軍と、勝手にやってきた日本軍が睨み合いを続け、ついに衝突。双方が宣戦布告して戦闘状態に陥った。日清戦争の勃発である。黄海海戦で日本海軍連合艦隊が清国の北洋艦隊を破り、制海権を奪うことに成功する。一方、陸軍は逃げる清国軍を追跡し、国境を越えて清国内へ。当初の「朝鮮での邦人保護」という派兵理由などすっかり忘れたか、清国に侵攻し、遼東

半島にまで攻め込んだ。日本軍は半島の先端・旅順を陥落。

こうして日本は対外戦争に勝利した。

つまり日清戦争とは「日本軍が大陸に攻め込んだ戦争」なのである。

95年、下関で調印された「日清講和条約」により、日本は遼東半島、澎湖《ほうこ》諸島・台湾の割譲。二億両《リャン》（テール）の賠償金などを獲得する。

ところがその後、日本は遼東半島を放棄する羽目になる。ロシア、フランス、ドイツから清国へ返還するように勧告されたからだ。いわゆる「三国干渉」である。日本は三カ国の強い圧力に抗しきれず、断腸の思いで遼東半島を手放す。

さて、ここで前述した東清鉄道の話である。

なぜ清国は自国領土にロシアの鉄道敷設を許可したかだ。その背景にあるのがこの二億両（テール）の「賠償金」なのである。

テールとは銀貨の単位なのだが、二億両がどのくらいの価値かといえば、当時の日本の国家予算の四倍に相当するといわれているから凄まじい。戦争は勝てば金になると日本は味をしめたであろう。

支払う清国にとって二億両（テール）はあまりに巨額だった。講和条約によって7年以内に日本へ支払うことに決まったが、そんな金はなかった。その清国に対し、ロシアがフランスと共同で借款供与を申し出たのである。

隣人よ、困っているらしいじゃないか、相談に乗ろう。ロシアはしっかりと清国の肩を抱きながら、そして耳元でこうささやいたのだ。

その代わりに東清鉄道をお宅の土地に通させてね——。

96年、見返りを求めたロシアの外務大臣アレクセイ・ロバノフは李鴻章と「露清密約」を締結する。日本からの脅威に対して相互に安全保障しようという名目ではあったが、ロシアはこの条約により満州内における鉄道施設権や、軍隊駐留をも拡大させていった。二国は「中国東方鉄道株式会社」（大清東省鉄路）という合弁会社を設立するのだが、事実上ロシアが鉄道建設の全てを仕切っていく。

それだけではなかった。

なんとロシアが遼東半島を租借したのだ。

そもそも、日清講和条約に「待った」をかけて三国干渉の声を上げたのはロシアだった。フランス、ドイツに働きかけて遼東半島を清国へ返還するよう日本に勧告した、いわば〝主犯〟である。ところが、その当事者であるロシアが遼東半島をちゃっかりと手にしてしまったのである。

ロシアはこの半島がどうしても欲しかった。ウラジオストクの軍港は、あのアムール川から流れ込む水の影響で凍結して冬期は使用不能となる。それに代わる太平洋艦隊の基地として不凍港の旅順港を手にしたかったのだ。こうして旅順はロシア海軍第一太平洋艦隊の母港になった。満州内の軍隊駐留も拡大させ、炭鉱なども手に入れた。ロシアにとってはめでたしめでたし。

日本の怒りは収まらない。

そもそも三国干渉で、日本が遼東半島の返還を強いられたのは「遼東半島の領有は清国の首都北京を脅かす」という理由からだった。北京と相対する位置に横たわる遼東半島・旅順港は、中国大陸へ野望を抱く者にとって足掛かりとして重要地点だ。日清戦争で「敗走する清国軍を追って」清国へ侵入したはずが、なぜか遼東半島へ向かったぐらい狙っていたのである。それが、強引に返還させたロシアの手に渡ってしまったのだ。狡猾《こうかつ》なそのやり口も許せないが、結果として日本列島を挟むような位置にロシアは二つ軍港を揃えたのである。ロシアがいつ日本に攻めてくるか、そして植民地にされるのか、またも脅威論が叫ばれる。こうして遼東半島を巡って日露関係は大きく拗《ねじ》れていくことになる。

ロシアに対する反発は強まるが、当時の日本の軍事力はロシアには遠く及ばなかった。今は我慢するしかない。国民の間では「臥薪嘗胆《がしんしょうたん》」、復讐を成功するために苦労に耐えようという中国の故事がスローガンとして広まった。

日本は清国から手にした賠償金のほとんどを軍費に費やしていくことになる。それは元はといえばロシアが貸した金であるのだが、その金を使ってロシアに一矢報いようと、軍艦や大砲を買い揃えた。九州には八幡製鉄所も作る。戦争には鉄が必須だからだ。この頃の日本はなんと国家予算の半分を軍事費に投入していたのである。

1900年「北清事変」が起きる。秘密結社の「義和団」と農民が蜂起して清国に居住していた外国人やキリスト教会を襲った。清国も列強国に対して宣戦布告する。しかし、日・

英・米・露など8カ国の連合軍が派兵されて北京を攻略。敗退した清が賠償金を支払い、逆に連合国軍隊の清国への駐留を認める条約が結ばれた。

しかし、義和団制圧後もロシア軍は撤兵しなかった。「東清鉄道の警備」などという名目でそのまま東北部に居座ったのである。同じ頃、ロシアと「露清密約」を行った李鴻章は亡くなる。ロシアは、遼東半島だけではなく、東北部も植民地にして中国へ進出しようとしているのではないか、日本政府はそう警戒した。ロシア侵略に怯《おび》える日本国民の間では「恐露病」という言葉まで出現。日本は対ロシア戦を想定し、軍備の拡大を続け、燃料、弾薬を備蓄し、兵は厳しい訓練を重ねていった。

その訓練中に大事故が起きた。

1902年青森県八甲田山地で、ロシアとの厳冬期戦を想定した陸軍の訓練が実施された。「八甲田山雪中行軍」である。この最中に青森歩兵第五聯隊が八甲田山中で道に迷って彷徨。吹雪、深雪、低温の中で199名が凍死するという前代未聞の惨事を招いてしまったのだ。実戦ではない。たかだか訓練でこれだけの人間が死んでしまったのである。

だが、どれほど犠牲を出そうが、日本が遼東半島を諦めることはなかった。

ロシア軍の不撤退問題について日露間交渉も行われるが、ロシア政府からすればロシアと清国の問題になぜ日本が介入してくるのかと納得しない。その後も東京帝大教授らが「七博士意見書」などという対露強硬策を提出し、新聞がそれを後押しした。

当時の総理大臣桂太郎や、山縣有朋らの戦争やむなし派と、伊藤博文、井上馨らの回避派との論争が続くが、ついに日本軍は、朝鮮半島や遼東半島に上陸して日露戦争へと突入するのである。

開戦に至るまでにはさまざまな理由があったにせよ、日露戦争もまた、日清戦争同様で「日本軍が大陸に攻め込んだ戦争」であった。

1904年に発表された「君死にたまふことなかれ」は与謝野晶子が日露戦争に招集された弟に向けて詠んだ歌だ。

あゝをとうとよ、君を泣く、
君死にたまふことなかれ、
末に生れし君なれば
親のなさけはまさりしも、
親は刃《やいば》をにぎらせて
人を殺せとをしえしや、
人を殺して死ねよとて
二十四までをそだてしや。

肉親を、戦場へ送り出した姉の気持ちが切実に綴られている。「戦友」同様、この時代はまだ反戦を声に出すことが許された時代ともいえるのだろう。歌を詠んでから8年後、与謝野はようやく安定運行し始めた「欧亜の鉄路」シベリア鉄道に乗ってパリへと向かったのである。

ボストーク号はかつての満州国北部を快走していた。

暖房の効いた車内は、薄着で快適に過ごすことができる。隙間風が抜ける貨車でシベリアへ送られた日本兵たちとは大違いであろう。彼らに与えられた食事は黒パンや、わずかに雑穀が入ったスープなどだったという。

「ロシアの黒パンは食べたことはないけど、まずいの？」

尋ねると、センセイは歪《ゆが》んだ顔をして言い放った。

「うまいとかまずいとかそんな話じゃないんですよ。あんなもの食えたもんじゃありませんよ。臭いしすっぱいし。でもそれしかないんですよ。ロシアの田舎じゃ黒パンにラードを塗って食う。あるいは大量のマッシュポテトと一緒にウオッカを流し込むんです」

センセイは1980年のソ連時代にも何度か彼の地を訪れているという。

「モスクワやサンクトペテルブルクに旅行したんですよ。ソ連時代ですな。3回ぐらいは行きましたけどね。そりゃあひどかったですよ。まっずい黒パンばかり。スーパーに行っても商品はないし、ホテルのトイレはすぐ詰まる。ツアー会社のパンフレットの持ち物欄に『ゴルフボール』って書いてあったぐらいです」

「ソ連でゴルフをやる？」

「いや、そうじゃなくて。ホテルにはバスタブはあっても栓がないところが多いんですよ。で、ボールを栓にするんです。コンダクターはお客さんの分として2、3個持ってましたよ」

なんと、厳冬地で湯に入れないのか。

「今回は余分持ってますか？　あれば一つ貸してください」

「えっ、ああゴルフボールですか？　いや今回は残念ながら持ってないんですな。でも首都モスクワでゴルフボールなら、大田舎イルクーツクはバレーボールぐらいじゃないと大穴で塞がらないかもしれませんな。はっはは」

青木センセイの露学レクチャーは果たして役に立つのだろうか……。

我々の車両のすぐ後ろには緑色の外観の食堂車が連結されていた。そこでは中華料理を食べることができるらしい。『魚の酢漬けと黒パン＆ウオッカ』攻撃が始まる前に食べておこう。

食堂車の扉を開くと何やら食欲をそそる匂いが鼻に届く。

白い壁紙にマホガニー色の窓枠。クラシックな趣の車内では何人かが箸を動かしていた。中国語もロシア語も通じない謎のウエイターが薄いメニューをぺらりとクロスの上に置いていった。漢字と英語のメニューから推定し、豚肉と野菜の炒めものなど何点かを注文する。

ビールもあった。

銘柄がハイネケンなのは国際列車感を醸し出しているのだが、添えられていたのは紙コップである。それに注いで青木センセイとぐにゃりと乾杯した。やがて料理を載せた皿が届いたが、オーダーした記憶のない卵とトマトを炒めたものであった。まあいい。味は微妙だが、鉄路の上で調理されているのだ。贅沢は敵である。

「それにしても雪がないじゃないですか。なんですかこれは」とセンセイは窓の外を眺めて口を尖《とが》らせ、あまりご機嫌うるわしくない。そういえば旅に出る前のセンセイの口上は「いやー、すばらしいですよー、窓の外には何もないんです。ただどこまでも雪原が続いているんです……」というものだったのだが、目前に広がっているのは枯れた草原である。時折雪がチラッと目に入る程度。

「いやいや、まだ中国ですから。ロシアに入ったら、きっとすごいですよ雪」などとなだめておく。青木センセイはブツブツ言いながら、サントリー角瓶ボトルを取り出し、テーブルに柿の種などを並べていく。日本だったら「お客様、お持ち込みは困ります……」状態であろうが、このあたりの感覚は国によってかなり違う。ましてや今日のボストーク号はがら空きで、他の客も自由にテーブルを使っていた。

地平線の彼方に没しようとする大きな夕日。

列車はそれを追いかけるように原野を突っ走っていた。

捕虜となった日本人たち。彼らは自身が満ソ国境を越えてシベリアへ連れ去られる運命であることを知っていたのだろうか。

捕虜たちの記録を読むと、いくつかの共通点があった。

貨物列車に乗せられた時は、ソ連兵に「日本へダモイ（帰還）だ」と言われたこと。その一方、実はシベリアで強制労働なのでは……、という不安の声もあったこと。列車が走り出し「『ウラジオストクから船で帰国か』などと期待するが、やがて列車の中から見た朝日や太陽の沈む方向を見て、列車が西へ——、つまりはシベリア方向へと向かっているのに気づくのだという。

大地に陽入る。

同じ鉄路で、絶望的な目で夕日を追っていた人たちがいた。

父がメモの隅に書き遺した〈だまされた〉とは、このことなのだろうか。

18時36分、ボストーク号は定刻通りチチハル駅に滑り込んだ。ハルビンを出てから3時間近く走り続けて初めての停車駅である。時刻表によれば列車はここで11分間停車する。停車時間の長い駅では客が運動したり、買い物をしたりするとガイドブックにあったので少しだけでも降りてみたかった。例の無愛想な女性車掌に頼むと渋々顔でドアを開けてくれる。ハルビン駅と違ってチチハル駅のホームは恐ろしく低い。しかし車両もうまく出来ているもので、ドアの下から4段のステップが現れた。それを踏んで降りていく。

真っ暗なホームには人影なし。

つまり乗降客は一人もいないということだ。店も見当たらない。厚いジャケットを羽織ってきたのだが、とたんに寒さが全身を刺して運動はおろか長居できそうにない。車内に駆け戻ると女性車掌の顔に、ほら見たことかと書いてあった。

チチハルは満州事変の際に激しい戦闘が行われた地だ。1931年（昭和6）11月。関東軍は敵対していた馬占山《ばせんざん》軍が、近くの鉄橋を破壊したと因縁をつけてこの地まで攻め入ったのである。そしてさらに北満州の端まで進軍していった。

ボストーク号にはどれだけの乗客が乗っているのだろう。

我々が乗っている4号車には、中国人らしい若い女性の2人組がいるだけで、他の客は見かけない。実はこの「高級軟臥《なんが》車」はなかなか結構高額なのだ。車両のコンパートメントは全部で9室。なので1両の定員が18人というのだから確かに贅沢ではある。日本で手配してもらったチケットは運賃＋寝台の2泊3日の換算で一人あたり7万5000円である。「ホテル代込み」という考えもあるが、距離と換算しても飛行機のように早いわけではない。金で時間を買うどころではなく、逆に自分の時間を売っている感じもする。我々はその目的上、高い金を払うしかなかったのだが、あの若い中国人たちはどんな事情で高級軟臥車にしたのだろう。食堂車は利用しないらしく、見たこともない超ビッグサイズのカップ麺に湯を注ぐ姿を廊下で何度か目にした。

事前のセンセイ情報では、お湯は給仕が席まで持ってくるということだった。確かに私も中国の在来線でその経験はあった。茶葉の入ったガラスコップが窓際に置かれていて女性の給仕がお湯を注いでくれたものだ。

だがシベリアへ向かうこの列車は少々システムが違っていた。

通路の端に丸い縦型の湯沸かし器が設置されており、その蛇口からセルフサービスで自由に湯を出すことができるのだ。さすがサモワールの国である。中央アジアで発明されたというサモワールは、石炭や炭で水を沸かしいつでもお茶が飲めるようになっているポットのことだ。そのポットを巨大化したような湯沸かし器である。

2002年に全線が電化されたシベリア鉄道では、先頭で牽引している機関車はもちろん、客車の照明、暖房や湯沸かし器も架線から給電されている。だがこの湯沸かし器の下部を見ると、別に「焚口《たきぐち》」が付いている。なんと今でも石炭が使えるのだ。一両に一基ずつ備え付けられているという車内暖房用のボイラーも石炭併用である。これは万一にも停電などが起こって列車が非常停止した場合のためだという。冬期はマイナス40度にもなるシベリアの原野で暖房が停止すれば、それだけで乗客は危機的状況となる。そのため今も石炭を積んでバックアップしているのだ。

昔話になるが、北海道の枝葉ローカル線ではたとえ客が一人でも冬期だけは気動車を2両連結にすることがあった。線路上に吹き溜まった雪に対しての除雪力を上げるためでもあるが、万一の車両故障時の暖房確保のためとのことだった。

シベリア鉄道はさらなる極寒地を走っている。そのために機関車や客車も徹底的な耐寒仕様で設計されていて、例えば窓ガラスなどは厚いうえに二重構造、ブレーキ装置などの足回りにも、凍結防止などの工夫がなされている。

我らが4号車の女性車掌はあまり愛想がよろしくないが、実はもうひとり男性車掌もいて一両につき2人の車掌が乗車している。前述したようにドアの開け閉めやトイレの管理などもする。ちなみにトイレは一車両に2ヶ所ある。シャワー室も一部の車両に付いていて、申し込めば有料で使用することができるという。

ボストーク号はかつては北京発だけではなく、北朝鮮から出発する車両も途中駅から増結されたという。それは高級軟臥車と硬臥車の2両で、平壌《ピョンヤン》駅を出発し国境を越えて中国の瀋陽駅でボストーク号に増結・解結していた。そのまま38度線を通過できれば「欧亜の鉄路」の復活ということになっただろう。現在、平壌発の車両はロシア号への併結へと変わったらしい。つまり中国国内を通過しなくなったわけだ。

薄ぼんやりした灯りのコンパートメント。

夜間はガラスに照明が反射して景色は見づらい。そこで窓のカーテンを頭から被って闇夜に目を凝らして見たが、やはり何も見えない。平原のどこにも明かりを持つ施設がないからだ。どこまでも広がる原野の闇である。

レールは、継ぎ目が少ないロングレールを使っているらしく、ジョイント音も響かず列車は滑るように走っている。

父たち、捕虜が乗せられた貨車は内部が上下二段に棚で分けられていたという。すし詰め状態で、寝返りすら満足にできなかったらしい。上段に一ヶ所窓があるだけで、照明設備もトイレもない。そこに50名、あるいは100名が押し込まれたという。他に食料とソ連兵を乗せた貨車が一両連結された。

棚に詰め込まれた大勢の人間。

それはアフリカで買われた黒人たちがヨーロッパへと送られた奴隷船を思わせた。19世紀まで続いた大西洋奴隷貿易では、貨物船の船倉に何段もの棚を作って奴隷たちを運んだという。家畜同様の「労働力」としての拘禁。尊厳と自由を奪われ、絶望の移動を強いられた時、人は何を思うのだろう。

ロシアが敷設した「東清鉄道」は日露戦争で一度は日本の手に渡り、やがて東京からパリへと接続する国際列車が走る「欧亜の鉄路」となった。しかし敗戦により満州発シベリア行きの「奴隷列車」に変貌したのである。

シベリアまでいったい何日かかって鉄路を進んだのだろう。秋に満州を出てシベリア到着は冬だったという人の手記も読んだ。終戦の混乱で列車ダイヤはないに近い状態だ。列車同士の行き違いや先行列車の渋滞などでなかなか進まない。一駅進んでは半日停車、あるいは丸一日駅に停まってまったく動かなかったりしたという。

そんな時、貨車の隙間から沿線に目をやれば、歩いて日本方面へと引き揚げる日本人の悲惨な姿も目にする。ボロボロになった人、乞食同様の女性ややせ細った子供も。気の毒と思ったところで捕虜の立場ではどうにもできなかった。

大きな駅周辺には、ソ連軍が満州から略奪したあらゆる物資が延々と並べられていたのが見えたという。関東軍の糧秣の袋や箱。衣服、トラックや、果ては機関車まで。戦争勝ち組はやりたい放題となる。ならば、好戦家とは勝ちを信じているから戦うことを選んでいるのだろうか。


闇を貫いてボストーク号は走り続けていた。

手前のわずかな雪原だけが列車の明かりを受けてぼんやりと浮き上がる。

我々はイルクーツク駅で降りるが、その先もユーラシア大陸を進んでいくこの列車は、やがてウラル山脈の峠を越えてヨーロッパに入る。「欧亜」は、実は峠で分かれている。モスクワの手前1778キロの地点にオベリスクという石塔(記念碑)が建てられていて、アジアとヨーロッパを明確に区分しているのだ。

モスクワで乗り換えることでヨーロッパ各地と連絡していた欧亜の鉄路。そこでも戦争と鉄道による悲劇は起きていた。


2018年夏、私はポーランドにいた。

ドイツ軍の手により作られたアウシュビッツ収容所跡を訪れたのだ。ビルケナウという静寂な森を切り開いた場所に第二強制収容所はあった。広大な敷地は鉄条網で囲われており、三角屋根を載せた監視塔が等間隔に並んでいる。

入り口にレンガ造りの建物が両翼を広げるように建っていた。中央の大きな屋根を載せた「死の門」というゲートからレールが敷地内に入り込んでいて、やがて3本に分岐する。そこが「ランペ」と呼ばれる降車場だ。

ヨーロッパ各地から貨車で送り込まれてきたユダヤ人などが降ろされた場所。「死の門」から入ったら出口は「煙突」しかないといわれていた。

ランペには赤い貨車が一両ポツンと停まっている。古い木造の板張りの車体。上部にある小さな窓が開くようになっている。それは日本人捕虜を乗せたソ連の貨車と似ている形状だった。ここに立錐の余地なく人が詰め込まれた。

連行されてきた人々はランペでSS(ヒットラー親衛隊)によって分類される。女性、子供、老人など7割以上は労働に向かないとされ「シャワー室」へと送り込まれたという。荷物には名前を書け、脱いだ時に間違えないように分けて……などと指示される。いかにも、また服を着られるかのように。

大きな部屋の天井にはシャワーカランが並んでおり、一瞬安堵する者も。だが、そのカランからお湯が出ることはない。扉が閉められると、天井の小さなハッチから「ツィクロンB」(Zyklon B)というシアン化合物系の殺虫剤の缶が投げ込まれる。偽シャワー室は一度に1500人を殺すことが可能なガス室だった。

想像を絶する阿鼻叫喚。

床に転がるツィクロンBから逃れようと、人の上に人が乗り、壁を這い登り、積み上がる。およそ20分で全員が死亡したという。

ビルケナウから3キロ離れた、第一収容所には実際に使われていたガス室「第1クレマトリウム」が保存されていた。扉から内部に歩みを進めていくと、そこは薄暗く陰湿な気配が広がっている。詰め込まれた人たちに立ちはだかったであろう壁。じっと見回せば縦に幾筋も並んだ白い線が残されている。それは苦悶した人々の爪の跡だという。コンクリートに己の指を立てるほどの苦しみだったということだ。仰ぎ見る者の心をえぐるかのように恐怖を伝えている。

息絶えた者たちは、すぐ隣に設置されている焼却炉にオートメーションのごとく運ばれ、次々と焼かれていった。

死者の総数は100万人を超えるともいわれる。

あまりに悲惨な鉄路の終端。

ランペの近くにはコンクリート塊の山があった。破壊され不規則に重なったままの屋根や壁材だ。それは「第2、第3クレマトリウム」というガス室の残骸だった。1945年1月、ドイツ軍がガス室を爆破して敗走したのだ。

つまり――、アウシュビッツ収容所とハルビンの731部隊は、同じ年に同じように虐殺の証拠を隠蔽して逃走したのだった。日本とドイツという同盟国が、同じソ連に追われて証拠隠滅に走ったといえる。

ハルビンの731部隊跡で塀の切れ目から敷地内へと延びてきていた鉄路。ポイントで分岐した乗降場スペースを目にした時、私にはそれがアウシュビッツのランペと重なったのだ。

「欧亜の鉄路」の両端で、悪魔が鉄道を支配していた。

暗夜を行くボストーク号。

時折、列車の前方でプオーンとタイフォンが鳴ると、やがてどこかの小駅を通過する。ホームの雪あかりで室内が一瞬だけ明るくなる。

ベッドに寝転がり、うつらうつらしながら背中で大陸の移動を実感する。

やがてカーブが多くなってきた。列車は次第に山岳地帯へと入ってきたようだ。大興安嶺《だいこうあんれい》。内モンゴル北東部に位置するこの山脈は標高1500メートル前後、長さが1500キロ続く。大半が平野の満州では最大級の山岳地であり日本軍の防衛上においても重要な自然の要塞だった。

東清鉄道はこの山脈を通過しなければならず、工事の際も最大の難所になったという。開通当時、線路は長大なトンネルとループ線を組み合わせて大興安嶺を越えていた。曲線半径320メートルの急カーブで一回転半しながら高低差100メートルの坂を上がっていく。蒸気機関車にとってはかなりの勾配だからだ。現在は電化されて、高速化のために2007年で新線に切り替えられ、列車はトンネルで大興安嶺を通過している。いずれ

❶お買い求めいただいた本のタイトル。

❷本書をお読みになった感想、よかったところを教えてください。

❸本書をお買い求めいただいた理由は何ですか？

●書店で見つけて　●知り合いから聞いて　●インターネットで見て
●新聞、雑誌広告を見て（新聞、雑誌名＝　）
●その他（　）

❹こんな本があったら絶対買うという本はどんなものでしょう？

❺最近読んでよかった本のタイトルを教えてください。

ご協力ありがとうございました。

郵便はがき

料金受取人払郵便

銀座局承認

9422

差出有効期間
2021年1月3日
まで

※切手を貼らずに
お出しください

104-8790

627

東京都中央区銀座3-13-10

マガジンハウス
書籍編集部
愛読者係 行

ご住所	〒		
フリガナ		性別	男 ・ 女
お名前		年齢	歳
ご職業	1. 会社員(職種　　) 2. 自営業(職種　　) 3. 公務員(職種　　) 4. 学生(中　高　高専　大学　専門) 5. 主婦 6. その他(　　)		
電話		Eメール アドレス	

この度はご購読ありがとうございます。今後の出版物の参考とさせていただきますので、裏面のアンケートにお答えください。**抽選で毎月10名様に図書カード(1000円分)をお送りします。**当選の発表は発送をもって代えさせていただきます。

ご記入いただいたご住所、お名前、Eメールアドレスなどは書籍企画の参考、企画用アンケートの依頼、および商品情報の案内の目的にのみ使用するものとします。また、本書へのご感想に関しては、広告などに文面を掲載させていただく場合がございます。

にしても夜間は真っ暗で何もわからない。

思えば、何年ぶりの寝台列車だろう。

日本国内ではすでに夜行列車そのものがほとんど姿を消した。もっとも乗っている人間の方も若い頃のようにいつでもどこでも熟睡ができるというわけでもない。寝たり起きたりを繰り返す。

その夜は夢までおかしかった。

どういう事情かは記憶にないのだが、とにかく私はかつての仕事である報道カメラマンに戻る羽目になり、ため息をつきながら雪の街をトボトボと歩いていた。仕事をするにはカメラが必要なため、私は街のカメラ店に向かっているらしい。なぜかそこはロシアの街角だった。雪積もる石畳をトボトボと進んでいくと、ある店のショーウインドウにカメラが並んでいた。日本製のカメラも置いてある。店内に入ると、その中から軽めの一眼レフと、何でも撮れそうな標準ズームレンズを見せてもらった。

すると、カメラ店だというのになぜか白衣を着ている店長が、ガラスケースの向こう側で腕を組み日本語でこう言い放った。

「あなた！　プロのカメラマンなんでしょう。ならば一台ではだめです。撮影途中で壊れたらどうするつもりですか。優秀なガンマンを見習いなさい。腰ベルトには銃を2丁ぶら下げているでしょう。ましてこの先には、シベリアオオカミやトラ、ヒグマまで待ち構えているのです、そんな時に弾が出なかったりしたら……」

その後、話はもはや撮影ではなく猛獣の恐ろしさに及ぶ。私は畏怖を覚えつつ、改めて白衣姿の店長の顔を覗き込んだ。丸顔でメガネを指先で押し上げては熱弁をふるうその店長は、よく見れば青木センセイではないか。そして店内に突然流れ出した何かのメロディ。

はっと目を開けると、ボストーク号はまだ闇の中を進んでいた。

3時30分にアラームを合わせていたスマホが約束どおりに鳴動し、私を悪夢から引き戻してくれたのだ。

現実世界のセンセイはといえば、向かい側のベッドの上に起きていて何やら唸《うな》っている。ちょうど寝ている私に向き合う態勢だ。

「いやね、次作の小説で、逃亡者の主人公のその、変わり者の感じが欲しいんですよ……」

などと、こんな場所で、こんな時間にもかかわらず小説の構想を練っているらしい。いやはや熱心なことである。

そう語るセンセイは、腕を組んで身を乗り出していた。それは夢の中で見たカメラ店の店長と全く同じ姿勢ではないか。私は驚愕した。この男は、自分自身が主人公となって悪魔のストーリーを私の脳に送り込んでいたのではないのか。なんと恐ろしい能力か。だが、なぜその情念を自身の小説紙面には発揮できないのだろうか。

こんな未明にアラームを仕掛けたのには理由がある。列車が国境へ着くからだ。中国国内最後の駅、満州里。

ここで出国手続きが行われるのである。爆睡していて突然「起きろ」と言われても困る。これがEU圏の寝台列車なら車掌にパスポートを預けて寝ていればいい。列車はドイツ、スイス、イタリアと勝手に国境を通過していく。しかし中露の国境となると出入国システムがよくわからない。この二国は考えただけで面倒な気がする。中露どちらの国民でもない我々はなおさらである。

「いったん列車から降りるのかもしれませんね。念のために着替えて待っていた方がいいですよ」青木店長の指示に素直に従い、私は着ていたジャージを脱ぎ捨てぶ厚いズボンや服に取り替えた。

午前4時17分、ボストーク号は真っ暗な満州里駅に滑り込んだ。

ホームには高い屋根があるが、乗り場の足元にはうっすらと雪が積もっている。相当に気温は低そうだ。停車から10分も経っただろうか。

コツコツ。個室のドアがノックされた。

ドアを開くと、そこには黒い毛皮のコートを着た男たち数名が立っている。コンパートメントの中を一瞥するとすぐに隣の部屋へと移動していった。続いて「中国辺境」と書かれたバッグを下げた女性が我々のパスポートを回収。そのまま車内でじっと待つしかない。

ところが、パスポートが返却される前に列車がいきなり発車した。

おいおい。だが、少し進んで停止した列車はまたバックする。何がどうなっているのやら。列車は満州里駅の広い構内を行ったり来たりして、貨物列車の間を抜けては時々ガチャーンと衝撃音をたてる。後になってわかったのだが、この時ボストーク号は連結している車両の入れ替え作業を行っていたのだ。客を乗せたままでの何度もの増結と解結。日本ではちょっとあり得ない方法だ。

列車がホームに戻り、しばらくすると「出国」の印鑑が押されたパスポートが手元に戻ってきた。結局、列車を降りる必要はなく、無駄な厚着で何やらわからぬ汗をかいた我々はジャージ姿に戻り、薄暗い車内でじっと発車時間を待った。


大平原が広がるこの満州里付近で、かつてある調査が秘密裏に行われたという。日本軍の手による「油田」の試掘である。

満州国建国という名の下に日本軍が大陸へ進出した理由の一つに資源の確保があったことはすでに触れた。実際、ロシアが鉄道沿線に所有していた炭鉱や製鉄所なども手に入れて満州炭礦、満州鉱山、満州採金、満州マグネシウム工業……、そんな多くの会社が作られていった。

だが、その後、次第に必要性が高まってきた資源が「石油」だったのである。バスやトラックなど、エンジン機関は急速に増大し、軍艦や貨物船は石炭炊きのボイラーからディーゼルエンジンへと移行。そして何より航空機の出現は大きかった。陸軍、海軍の両方で飛行機が必須のものになった。戦争と石油は切っても切れない関係となるが、日本国内の原油生産量は知れていた。結果、未知の中国大陸での油田発見が期待されたのである。

1933年（昭和8）、満州政府と満鉄は油田調査を開始する。地表への油滲みなどを調べる専門家の調査結果を元に、満州里から約30キロ南東の地点でボーリング試掘を開始した。翌年には「満州石油株式会社」を設立。本格的な油田探索に入ったが、しかし当時の日本には十分な探索技術がなかった。機密防衛上、他国に依頼することなどできない。結局、満州里での試掘では油田は発見できなかった。以後、満州南部の阜新《ふしん》など場所を変えて試掘を続けたというが、掘り当てることはなかったのである。

石油が欲しいにもかかわらず、国際社会から孤立していく日本は、満州撤退を求められたが、その勧告を無視し、国際連盟から脱退した。

1937年。盧溝橋《ろこうきょう》事件をきっかけに、日本軍は蔣介石率いる中国国民党軍との日中戦争へと突っ走っていく。ロシアが満州に居座った際には、中国を狙っていると理由をつけて日露戦争へ突入した日本だったが、その後、居座った日本軍は、満州を足掛かりにして本当に中国へ攻め込んだのだ。

同年8月、邦人保護を名目に始まった「第二次上海事変」だが、天皇の命令が下る前に陸軍は当時の首都・南京へ向かって突き進んだ。「南京ヲ陥落セヨ」という大陸命《たいりくめい》が下ったのは12月1日。その時はもう日本軍は南京城手前まで迫っていたのである。そして12月13日、南京城を陥落した。

新聞は日本の勝利を一面で扱い続け、日本各地で祝の提灯行列が行われる。だが、日本軍は南京陥落前後の6週間にわたって南京市とその周辺で虐殺や略奪、強姦などいわゆる

「南京事件」を起こしていた。略奪はやはり「兵士の報酬」ということなのだろうか。

日本軍は、南京から脱出した蒋介石を追った。

遷都した重慶市へ、陸海軍の爆撃機で空襲を行う。市街地への焼夷弾《しょうい》による爆撃は5年以上に及び、1万人を超える市民が死亡した。「新聞紙法」により軍から検閲を受けていた日本の報道では、これらの非道な事実は伏せられていたが、中国の首都には各国の大使館、領事館が置かれ、新聞特派員も多くいた。日本軍の行為は、「日本以外の国々」には伝わっていき、連合国との対立はさらに強まっていったのである。

拡大する戦争により鉄材と燃料は枯渇していく。

1940年、日本軍はフランス領のインドシナの北部へと進駐する。翌年には南部仏印へも軍を進めて日米関係は決定的な亀裂を迎えた。戦争遂行に必須な石油や鉄くずの輸出を禁止されるという経済制裁を受けることになった。日本の新聞はこれを「ABCD包囲網」（America、Britain、China、Dutch）などとして被害感情を煽っていく。追い込まれた日本の石油備蓄は約2年分となった。どうしても石油が欲しかった日本軍はそれを南方に求めることにした。

1941年12月。ついに日米開戦――。

それは何やら鶏と卵の関係にも思える。戦争遂行には石油が必要。そのため他国に攻め込み、油田を強奪。マレー半島などに上陸した日本軍は、ボルネオ、スマトラ、ビルマなどで油田を手に入れることに成功するものの、一方で、石油供給を止めた国との開戦もやむなしと、真珠湾攻撃。たしかに、アメリカのコーデル・ハル国務長官が突きつけたハル・ノートを日本軍が最後通告と受け取ったにしても、開戦の日に油田を略奪しに行った事実は歴然と残る。真珠湾攻撃と同時に開始されたのが南方作戦だったのである。

念願の油田を手にしたものの、輸送ルートの制海権を奪われた日本は、戦争終盤では国民総出で「松の根っこ」まで掘り出し、ガソリンを作ろうとしたことは知られているだろう。暴走と無理を重ねた結果、敗戦に突き進むのである。

ハルビン郊外で大慶油田が発見されたのは１９５９年（昭和34）になってからである。１９７３年にはかつて日本軍が試掘していた阜新に近い場所でも遼河油田が見つかる。満州にはいくつもの油田が横たわっていたのである。

中国は戦後、世界第6位の原油生産国となり、日本に対して輸出まで行うようになる。しかも、その大慶油田とは７３１部隊が非道な実験を行った安達実験場のすぐ近くだった。いったい日本軍は大陸で何をしていたのか。

もし、満州時代に日本が油田を発見していたら、歴史は変わっていただろうか。十分な資源を手に入れても、それでも日中戦争は行われただろうか？　真珠湾攻撃は？　少なくとも油田を求めての南方作戦はなかっただろう。

歴史にifは禁句だが、同時にこんな「もし」が浮上する。日本がこの地で油田を手に入れ、戦争の拡大がなかったら、日本はそれなりに豊かになったかもしれない。そうならば、大日本帝国は今も続いているだろうか。軍国主義は、徴兵制度は、どうなっただろう。国民は自由に暮らせているだろうか。
父の足跡を追う旅。
今、私は「近代史」というものを改めて考える時間を与えられている。

5章
中露国境

静寂を破って、連結器の音が響き振動が身体を揺らす。

午前7時01分。ボストーク号は満州里駅を発車した。停車時間は2時間44分と長かった。次第に明るくなってきた車窓に立派な町並みが流れていく。高層ビルやマンションも並んでいる。満州里は国境の街として長く栄えてきたのだろう。

次第に近づく中露国境。

そこには何かの目印があるのだろうか、興味を持ってガラスに顔を近づけると、線路際に保存されている蒸気機関車が見えた。先頭部には赤い星が取り付けられていて、かつては捕虜が乗った列車も牽いたのかもしれない。

列車はやけにゆっくり進んでいた。

やがて車窓に並んでいた家々が突然途切れた。ものの見事にプツリとである。代わりに獅子が飾られた石造りの門が姿を現した。上部に赤文字で〈中華人民共和国〉と書かれている。国門というらしいが、見上げるばかりの大きさだ。ボストーク号はその下をゴトゴトとくぐる。

直後、列車は有刺鉄線が張られた柵の間を抜けていった。

遠方に目をやれば草地の遥か彼方まで二つの長大な柵が並行して延びていた。柵の間は緩衝地帯である。

かつて日本軍が満ソ国境と呼んでいた場所である。

「中露国境」だった。

ソ連軍がここを突破してきたのは45年8月9日0時過ぎのことだ。宣戦布告が届く前に、ソ連軍の戦車や自走砲がいきなり乗り越えてきたのだ。

そして、どうやらこのソ連軍の侵攻こそが日本の「敗戦」を決定させたようなのだ。つまり昭和天皇が敗戦を決断したタイミングである。それはアメリカによる広島への原爆投下ではなく、ソ連侵攻だったという話が近年になって浮上してきた。

２０１４年に公表された『昭和天皇実録』。この記録は当時の天皇の動静や発言などを側近たちがまとめたものなのだが、それを解析することで敗戦までの流れが明らかになるという。

天皇がソ連軍の満州侵攻を知ったのは9日の朝だった。

それは陸軍参謀長からの報告だったという。

午前九時三十七分、御文庫において陸軍参謀総長梅津美治郎《よしじろう》に謁《えつ》を賜《たま》い、戦況の奏上を受けられる。

御文庫附属庫《おぶんこふぞくこ》とは、皇居吹上御苑内に作られた防空施設である。それから18分後に天皇は木戸幸一内大臣を呼んでいる。

午前九時五十五分、御文庫に内大臣木戸幸一をお召しになる。内大臣に対し、ソ聯邦と交戦状態突入につき、速やかに戦局の収拾を研究・決定する必要があると思うため、首相と十分に懇談するよう仰せになる。

「速やかに戦局の収拾を研究・決定する必要がある」

ソ連の参戦を知った天皇は、18分後に終戦への自分の意思を首相へ伝えるようにと指示をした。その直後から日本の首脳陣は無条件降伏へと急速に舵を切っていった。

つまり天皇が敗戦を決断したのは6日の広島市への原爆投下ではなく、ソ連の参戦だった可能性が高いのだ。むろん原爆投下があったうえでのソ連参戦で覚悟を決めた、という多段的な経緯が否定されるわけではない。あくまで決定した「時期」の話である。

ちなみに長崎市への原爆投下はこの日9日の午前11時2分。天皇がそれを知ったのはこの後、午後1時45分からの阿南惟幾《あなみこれちか》陸軍大臣との面談でのことだった。

天皇決断の細かい「時期」などどれほど重要なのか、どっちみち敗戦ではないか。そう考える向きもあるかもしれないが、世界的俯瞰で見ると別の意味があった。

１９４０年に結ばれた日独伊三国同盟。アドルフ・ヒットラー率いるドイツ軍。ベニート・ムッソリーニのイタリア軍。そのどちらもが降伏した後、連合軍に抵抗していたのは瀕死状態の大日本帝国軍だけだった。果たして米ソ・二大国のどちらがその息の根を止めるか。暴走した軍国主義に白旗を揚げさせたと世界に胸を張り、結果として戦後に好条件を勝ち取るか。米ソはその実力を誇示し競っていたのである。

7月16日、アメリカはニューメキシコ州で原爆実験に成功する。

この瞬間、アメリカにとって、もはやソ連の対日参戦は不要となった。一方、原爆の実験成功を知ったソ連は、逆に懸命に日本への攻撃開始日を繰り上げたというのだ。二国が、先陣を競ったからこそ、あれほどの短期間に「広島原爆投下、ソ連参戦、長崎原爆投下」と集中した……。そんな風に見ることもできる。

ならば多くの国民が、戦勝国の優越性を証明するための犠牲になったということになる。戦争とはなんと愚かなものだろう。


あの日突き進んだソ連の戦車とは逆方向へ進むボストーク号。

今度は紺と赤色に塗り分けられた大きなゲートが現れてその下を抜けていく。これがロシアの入り口ということらしい。だが、これらの門が歓迎のためだけに造られていると思ったら、それは少々おめでたい。相互の国に何か有事が発生した場合はこれを爆破する。

コンクリート製の巨大な門がレール上に落下して鉄路は即時遮断。バリケードになる。

国境を越えると、家並みが続いた満州里側とは別世界となり、周囲には一面枯れ草の原野が続く。そんな荒地を20分ほど、走ったり停まったりしながら列車はロシア側の国境駅に到着した。

ザバイカリスク駅。ここがロシアの入国口となる。（本章扉写真）

壁面の電光掲示板には「−《マイナス》8℃」と表示されている。

車窓が突然ヨーロッパ調に変わったように思えた。なぜそう感じたのだろう。まず、中国の駅にはあったホームの屋根が完全に消えた。広々とした構内には開放感が漂う。赤い屋根の駅舎はベージュの外壁とホワイトの石柱で支えられていて美しい。なんだかワクワクしてきた。初ロシアの雰囲気を楽しんでいると、そんな自分のおめでたさがぶっとぶ事態が待っていた。

はじまりはドアのノックだった。

通路に立っていたのは、黒ずくめの服装をした三人の国境警備隊員だ。当然ながらロシア人であろう。何やら挨拶はしているらしいが言葉は全くわからない。どこかに感じる威圧感。

突然、一人がビデオカメラを取り出して我々の顔を撮る。なんとも失礼な連中である。次にやってきた黒服のグループは紐につながれた犬をコンパートメントに入れてきた。麻薬犬だろうか。黒い大きな犬と、白い羊のような毛並みをした犬2頭である。リードを持つ国境警備員が「ヤオ？」と連発する。

青木センセイの通訳によると、ヤオとは中国語で薬を意味する「药」らしい。つまりは大麻、覚醒剤などの所持容疑であろう。もちろん冤罪である。私の必携のヤオはせいぜい高血圧と尿酸値の低下剤ぐらいである。

「薬だと？　あぁ持ってるさ。征露丸だ。日露戦争の時に作られたのさ。口いっぱいに入れてやろうか」などと、センセイは勇猛果敢に吠えている。が、それはもちろん日本語であり、発する顔は下を向いており、かつ小さな声である。

次に入って来た黒服グループはスーツケースを開けて見せろといい、続いて身振り手振りでベッドのクッションを持ち上げろと指示してくる。言われた私は意味不明のまま椅子の部分に力を入れて引いてみる。

すると、なんということだ。ベッドの下が大きな収納スペースになっているではないか。そんなこととは露知らず、これまで重い荷物を苦労して上部の棚に上げ下げしていたのである。これは「密輸疑惑」というよりもっと前に教えてほしかった「設備問題」である。当然ながら収納スペースはからっぽだ。驚く私の間抜けぶりに、黒服連中も呆れた顔をしている。

続いて現れたのはやはり黒服の女性だった。ここでやっとパスポートを求められる。つまりそれまでは我々の国籍も解っていない状態で調べていたのだ。中国語で聞かれたのもそういうことなのか。いやいや違う。先にロシア人車掌と打ち合わせをしていたのではないか？　怪しげな連中が乗ってないかと。いるいる。そして、我々のコンパートメント番号を告げたのであろう。

パスポートに出入国カードを挟んで差し出すと、女性は写真と私の顔をじっと見比べている。そして今度はいきなり「スタンドアップ」と命じる。背の高さでも確認しているのだろうか。だが、我が日本国旅券には身長の記載はないのだ。とにかく意味不明なことが多い。

ようやくガサ入れは終わり、黒服軍団は立ち去った。

「国境警備隊員って言っても実はあれは軍隊ですからね。最近じゃ組織や配置が変わって、要するに昔のＫＧＢに戻ったらしいですよ。クワバラクワバラ」

本人たちが消えてから大事なことを大声で言うセンセイであった。

「国境警備軍はかつてはＫＧＢに属してたんですよ。その後はＦＳＢ（ロシア連邦保安庁）になったんですが、そのＦＳＢが連邦通信情報局や連邦税務ナントカとくっついて、結局かつてのＫＧＢへと復活しつつあるらしいんです。あのプーチンだって元はＫＧＢの出身ですからね」などと恐ろしい薀蓄《うんちく》を垂れている。そんな連中の口に正露丸を放り込んだらどうなったのか。

それにしても無事でよかった。

どっと気が抜けたが、列車はまだまだ発車しない。

時刻表によれば、ボストーク号は、このザバイカリスクでなんと5時間以上も停車する。

というのもこの駅で列車の全ての車輪を交換するからだ。

先にも触れたが、ここまで乗ってきた中国の鉄道は線路の幅が１４３５ミリである。しかしこの先のロシアは１５２４ミリへと変わるのだ。そういえば父の残したシベリアメモにもこうあった。

　ソ連の鉄道はレール幅、世界一広く、１５２４ミリ（レールの内側）

鉄道聯隊だったから、鉄道に対する見方は他の兵隊とは違ったのであろう。ちなみに実際はもっと広いレール幅の国もあるようだ。

で、この先線路幅が90ミリ広くなるわけだからボストーク号はそのまま走ることができない。たった9センチだが、されど9センチである。そこでザバイカリスク駅で客車をジャッキで持ち上げ、幅広い車輪がついた台車と交換するという。その作業は、父が鉄道聯隊で運転したトラック改造「１００式鉄道牽引車」のように簡単ではない。何しろでかい客車の一編成の台車を全て変えねばならない。

そんな手間と時間をかけるなら、いっそ上りと下り列車の客が互いに乗り換えた方が早いような気がするのだが、そこには何か大人の事情があるのだろう。

時間だけは余っていた。

未明から起きているから空腹を覚えた。

「ところがですね、食堂車がなくなってんですよ。いつの間にか消えてました」と青木センセイ。満州里駅での未明の入れ替え作業で列車は形状を変えていたのだ。ロシア圏内で中華料理など食わすものか、ということかもしれない。何しろここから先はセンセイいわく『黒パンとオームリの酢漬け＆ウオッカ』が待つエリアなのである。中華など許されるはずはなかった。

とにかく腹が減った。

「ふふふ、今こそ遠路日本から運んできたこいつの出番でしょうよ」センセイは自慢の棚からペヤングソースやきそばを取り出すと、勝ち誇ったようにバリバリと透明フイルムを剝《む》くのであった。なるほど。私も醬油ラーメンを手にして廊下に出て、例のサモワール的湯沸かし器の前に立った。

カップラーメンの製作——。

決して失敗の許されない作業である。すべては秒レベルの進行となる。蓋を開け、スープ類を取り出し、その総数と投入順序を確認する。かやくを投入。

指差喚呼。カップの湯レベル線確認！　ボイラー水温良し！　湯沸かしコック開栓！

一気にお湯を注ぐ。時計の秒針を睨みながら、水平を保ちこぼさないように部屋へと戻る。完璧なミッションだ。

パキッ。箸を割ったその時だった。

ドンドン。ドアの前にいたのは「帰ってきたＫＧＢ」であった。ずらり並んだその恐ろしいメンツが「外に出ろ」と言っている、らしい。

人間には、今だけは待ってほしい……、そんなタイミングもある。カップラーメンにお湯を入れた直後はまさにその一つであろう。私は彼らに手のひらを開いて「5分だけ待ってくれ」と日本語とか英語とかパントマイムとかで懇願するが、そのささやかな要求に対し連中は揃って首を横に振った。あくまで「出ろ」「降りろ」である。

なんてこったい。

これは兵糧攻めなのか。よしわかった！　ならば死んでもラーメンは手放すものか……、強い決意でカップを握ってホームへと歩み出る。などと、いくら力んでも、他の車両で時間を持て余すギャラリーたちからすれば「口に箸をくわえて、カップ麺を持ったまま国際列車から叩き出された間抜けなおっさん」にしか見えないであろう。

だが、私はまだいい。

センセイにいたっては「湯切りすら終わっていないカップやきそばを水平に保ち、かつソースとふりかけの袋を持ってＫＧＢにうろたえるオヤジ」である。四角い箱には未だお湯が満杯だ。間抜け度指数は私より数段上だった。

駅舎には、一般客の待合室とは別に入国者専用らしい待合室が備えられていた。通されたその部屋は、窓は少なくて少々薄暗い。お上の裁きを待つ。本来はそんな厳正な雰囲気を抱かせる場所であろうが、今漂うのは醤油とソースの香りだ。厳冬期のロシア軍の急襲でシベリアの屋外へと連行されたラーメン。スープは凍結寸前で、伸びて固くなった麺を泣きながらすする。敗戦国民とはいえこれはあまりに情けない。一方、センセイに目をやれば、なんとか湯を切り、ソースとふりかけをまぶしている。その悲しげな背中を見る限り、この先センセイの人生に芥川賞も直木賞も待っているとは思えない。

シベリア送りになった日本兵たちの記録の中に、列車が長時間停車した駅で線路際に薪を集めて飯盒《はんごう》炊さんをした話があった。ところが飯が炊き終わる前に汽笛が鳴って、マンドリンを構える兵士から「早く乗れ」と命じられ、貨車の中で生煮えの飯を食ったという。我々の食事にもどこか共通するものがある。

そもそもこんなに急がされ、いったい何を調べるというのか。しかも全員ならともかく、列車から降ろされたのは数人だけ。どうやら日本人を抽出して調べているようだ。中露国境をわざわざ鉄道で抜けていく「中露人」ではない人。そんな怪しさか、はたまた遡ること114年前の日露戦争からの拘《こだわ》りなのか。

冷たい椅子に座って裁きを待っている間、かつてスパイ容疑でソ連に逮捕された日本人のことを思い出した。大正から昭和にかけて映画、演劇で大活躍した岡田嘉子。彼女は1938年(昭和13)1月に、演出家の杉本良吉と二人でソ連への亡命を図った。北海道から樺太に渡り、北緯50度に敷かれていた日ソ国境を越えた。東京日日新聞にはこんな記事が残されていた。

岡田嘉子、愛人と北樺太で消える　相手は若き演出家杉本良吉君　雪の北緯五十度か

ら

杉本は共産党員でもあったというが、ソ連は二人をスパイ扱いとして逮捕する。拷問を受けた二人はスパイであると自供させられたという。モスクワで裁判が行われ、そこで自供を翻すものの結局スパイと確定された。

39年、杉本は銃殺刑となる。

岡田嘉子は死刑は免れたが、10年間収容所に入れられ自由を拘束された。戦後、岡田はモスクワ放送局で日本語放送のアナウンサーなどを務めた後、72年に帰国を果たす。その後女優に復帰して映画「男はつらいよ」などにも出演したが、結局は自らソ連に戻ることを選んで晩年を送った。

それにしても戦時下とはいえ、スパイの冤罪を着せられて銃殺刑である。たまったものではない。

「ネクスト！」

背の高いＫＧＢが高圧的な声で調べ室に私を呼んだ。

その部屋は空港の入国審査のカウンターのような場所ではなく、木製のテーブルと椅子が並ぶ会議室……、というか、むしろ小さな裁判所のような場所だった。数名のロシア人が座っている。日本でビザを取得してきたにもかかわらず、一から名前やら何やら書類に記載を命じられる。

やがて英語が話せる金髪のお兄ちゃんが質問を飛ばす。「どこから来たか」「どこに住んでいる?」「仕事は何だ」などと矢継ぎ早に聞くのである。ここでくそ真面目に「ジャーナリスト」などと答えれば吉で強制送還。凶でシベリア送りか。シベリアには行きたいが、「送り」は困る。そこで「オフィスワーカー」などと曖昧に答えていると、「曖昧」などという概念がないその男は「何の仕事だ?」とさらに食い下がってきた。咄嗟《とっさ》に嘘が出ない私は行き詰まる。

そこに救いの神が登場。

先にこの部屋に呼び込まれて座っていたペヤング親父こと青木センセイであった。どうやら彼の取り調べは終わったようで、私の横に立ち、私に代わって、両手でパソコンを叩く手振り身振りをする。「あー、コンピューターに関係するむにゃむにゃあれこれ」と答えてくれた。こういう時の適当感はまさに天才である。たしかに私は今もパソコンでこの原稿を書いているのだから、コンピューターむにゃむにゃはまあ事実である。センセイの創作力でとりあえず窮地を脱する。直木賞は無理でもアオキ賞ぐらいはあげたい。

その後、私は部屋の角にあった妙な機械の前に連れていかれた。それはコンビニによくあるキャッシュディスペンサーぐらいの大きさだった。

得体の知れないブラックボックス。

これでいったい何をしようというのか。金髪のお兄ちゃんは、水平に貼られたガラス板の上に指先を置けという。まず10指の指紋を取られる。これは最近の空港の入関でもままあることだが、ここから先がなんともすごい。指先を1本ずつ置き直しお兄ちゃんが私の指をねじり左右側面まで完全に採取するのだ。それを10本分容赦なく。うまく採れないとやり直す。あの、少々痛いのですが。

そのうえ、手のひらだけを乗せて「掌紋」も採った。警察の鑑識か、あるいはそれ以上か。事件現場に、私が掌紋のごく一部だけを残して逃げると想定しているのだろう。なかなか不愉快である。

次いで顔写真である。写真ならビザ申請時にも提供してあるし、先ほどのコンパートメントのガサ入れ時には動画まで撮影したではないか。それでもまだ納得できないらしい。同じ機械の正面に大きな液晶ディスプレイが付いていて、私の正面の顔と、横顔がすでに写っている。それは見事に指名手配犯風情であった。ディスプレイの横にカメラが埋め込まれていた。そのレンズがジジっと音を立ててピントを探す。よく見ればカメラは日本のキヤノン製のコンパクトタイプではないか。パワーショットと呼ばれるそのカメラは15年ほど前のもので、最近ではほとんど見かけない。一見凄みを利かせていたブラックボックスは、指紋採取用の小さなスキャナーと市販のカメラを組み入れた単なる箱であった。

指紋、掌紋、指名手配写真、ビデオ映像。多くの証拠をロシアにご提供《ていきょう》してようやく無罪放免された。いや連中はKGBなのである。掌紋採取後にガラスを拭き取って私のDNAも採取したかもしれない。一切合切であろう。

ようやく返納されたパスポート。ロシアビザのシールが貼られたページを開いてみれば、そこにディズニーランドでも走るようなかわいい汽車の絵柄の入国スタンプが押されていた。今の我々の気持ちからすると、まったくもって場違いなデザインである。

私のパスポートは、先日たまたま期限が切れたため今回新たに更新していた。

それまで使っていた10年物にはそこそこの数のスタンプが押されていたのだ。中にはロシアと国交危うい国もあった。それだけではない。アメリカや中国など、数カ国の取材用の「プレスビザ」まで添付されていたのである。もしもあのパスポートで来ていたら、どれだけ面倒なことになっていたか。

どっと疲れて停車中のボストーク号の出入り口まで戻る。

ところが我々が半拘束状態にあるうちに他の一般客は全て降りていた。駅の待合室に行ったのだ。もうすぐ台車の交換をするからその間は駅で待てということらしく、ドアの前に仁王立ちする担当車掌が首を振り、頑としてドアを開けてくれない。しかし、我々は他の客とは違って、いきなり着の身着のままのオンリーカップラーメンで連行されたのである。サイフも貴重品も全て車内に残したままだ。このまま数時間どうしろというのか。しかもこの車掌には、我々を怪しい人物としてKGBにタレ込んだ疑惑だってあるのだ。まあ、確かに怪しいとは思うが。

ここで神様・青木センセイがキレた。

真っ赤なドアをドンドンと叩いて怒鳴ったのだ。

「ふざけんな！　ぺけぺけ。俺たちは☆@&♪G#々～で、真っ黒くろすけのKGBにOutDOOR—を命じられたんだ。◇k◎ゞゥ%$*W、だから¥もルーブルも持ってないんだぞー¥！xc$。一回ぐらい車内に入れろー」

最終兵器の露日英中ミックス語を駆使して怒鳴ったのだ。言葉が通じたかどうかはわからないが、その剣幕にビビった車掌はドアを開けたのだった。

センセイのおかげで現金を取り戻すことができた。食堂車が消えた以上、とにかく当面の間の食料が必要だ。待合室には小さなカフェテリアもどきも併設されているが、他の客を見れば大量のラーメンやパンなどぶら下げている。長時間停車を利用してどこかで調達してきたようだ。

我々も構内の小さな踏切を渡って駅の裏手に出てみた。

周辺には5～6階建てのカラフルなアパートが並んでいる。歩いている人や走る車はほとんど見かけず閑散とした街だった。一角に外壁をグリーンに塗った小さな店舗があった。扉を押してみれば中はコンビニのような店で、品揃えのほとんどは食料品である。シベリア鉄道の客を相手にするというより、地元の人が日常の食料を買う店のようだった。

壁の棚にはパンや酒ビン、缶詰などがずらりと並ぶ。ショーケースにはハムやソーセージ、チーズ、ドライフルーツ。スナック菓子や有名なマトリョーシカ人形の形をしたチョコレートなどもぎっしりと並んでいる。

ロシアの店には物が何もない……、というセンセイの説明とはいささか違っていた。

金髪をおかっぱ頭にした女性店員がレジに立っている。とりあえず缶ビールやらチーズ、ハムなどを適当に選び、棚の手前に置いてあったパンを指差した。すると彼女は首を横に振った。どうやらこのパンはあまりよくないと言ってくれているらしい。代わりに勧められた山形の食パンを購入した。その店にはなぜか「黒パン」は売っていなかった。

駅に戻るとボストーク号が消えていた。

我々を置いていったのか？　いやいや、台車を交換するためにジャッキのある場所にでも移動したのだろう。予定の出発時間はまだ先だ。列車が停まっていた線路にふと目をやれば、そこには1本の線路につきレールが4本敷かれている。

謎である。

いや、普通の人はたぶん興味も抱かぬことであろう。そもそも気づかないかもしれない。だが私としては、これは解決しておかねばならぬ疑問の一つなのである。

想像はつく。これは車輪の幅が違う列車を同じホームに止めるためにそうしているのだ。台車を交換したボストーク号が再度この場所に戻ってくるためには2種類の幅の線路が必要になるからだ。

しかし疑問はその先にあった。

なんともオタクな話で申し訳ないのだが、しばらく辛抱していただきたい。

軌間の違う種類のレールを並べて敷いているケースは稀にある。例えば箱根登山鉄道などもそうだ。箱根登山線（軌間1435ミリ）と、そこに乗り入れている小田急線（軌間1067ミリ）とは線路幅が違うからだ。そこで箱根湯本駅付近など施設を併用している場所ではレールを一緒に並べてある。この場合、1本のレールは兼用で使って、あとの2本のレールを368ミリずらして敷設している。つまり3本のレールで2種類の線路幅の列車が入れるようになっているわけだ。

これを「三線軌条」と呼ぶ。レール幅が違う場合は3本で解決を図るのが普通なのだ。レールを少なく済ませられれば経済性も技術面でも助かるからだ。

だが、目の前に敷かれているのは「四線軌条」なのである。

おそらくこういうことだろう。すでに書いたとおり、東清鉄道（軌間1435ミリ）とシベリア鉄道（軌間1524ミリ）の線路幅の差は89ミリなのである。約9センチである。これは実に微妙な問題を生む。箱根のケースのように368ミリも余裕がない。1本のレールを兼用で使い、あとの2本をずらして並べようにも、その差9センチ幅では、2本のレールはぴったりくっついてしまうからだ。よって「三線軌条」による兼用は無理。完全にずらすために「四線軌条」にしたのだろう、と思う。

線路に降りて4本のレールに巻き尺を当てればこの仮説は証明できる。

日本に比べてホームは極端に低いし、実際にコンベックスは私の手元にあった。様々な取材のために小さなものを持ち歩いているのだ。

だが、それを試してみるのはあまりに危険であった。

ロシアにとって重要施設である鉄道。写真撮影すら問題とされることがあるのだ。実は、つい少し前にも、このホームで機関車にスマホを向けたところ職員が走ってきて手を広げ静止されたのである。それでなくても怪しい日本人。この小さな田舎駅で我々はもはや厄介な二人組として有名人であろう。線路に降りてレールの幅を測ったりしたところを見られたら最後、スパイ認定は確実だ。今度はよくてシベリアご招待。裁判官の心象が悪ければ銃殺かもしれぬ。巻き尺延ばしてバキューンでは割りに合わない。ここは諦めることにした。

そもそも、こんな鉄道オタク話、オタク検証に何の意味があろうか。

しかしそれでも敢えてもう少し続けたい。ひょっとすると何かの意味があるかもしれないのである。

ここまで読んでいただいた読者はおわかりであろうが、シベリア鉄道と東清鉄道はどちらもロシアが敷設したのである。にもかかわらず、ザバイカリスク駅で線路の幅が変わってしまうのだ。いったいなぜこんな面倒なことになっているのか。これが疑問だ。

よくよく調べてみると、これもまた「日本軍の仕業」なのだ。

日露戦争を勝ちロシアから東清鉄道の一部、長春〜旅順・大連間などを獲得した日本だったが、ロシアの敷いた軌間1524ミリは気に入らなかった。

日本軍の攻撃により、ロシア軍は機関車などの大半を満州北部へ避難させたため、東清鉄道には車両がほとんど残されていなかった。鉄道を軍事利用したかった日本軍は、仕方なく日本国内から急遽運んだ機関車や貨車を使うこととした。だが、日本の国鉄は１０６７ミリである。そこで東清鉄道のレールの片側だけを横へずらし、線路幅を１０６７ミリに狭めることにした。と言うのは簡単だが、それは膨大な工事である。線路は延々と長く続いているし、複雑なポイントも多いのだ。陸軍は「野戦鉄道提理部」という新組織を立ち上げて中国大陸へ続々と送り込んだ。もちろん現地の中国人の手も煩わせたことだろう。

こうして鉄路を改軌し、日本軍はとりあえずの戦時輸送を行ったのである。

だが、日露戦争が終わるとまた別のやっかい事が起こったのだ。

それまで日本が敷設していた朝鮮半島の鉄道などは１４３５ミリ幅だったからだ。今後、朝鮮―満州を連絡するためには線路幅を揃えねばならないという「事情」が残ったのである。

ならば、なぜ最初から１４３５ミリに改軌しなかったのか。その理由ははっきりとわからないが、おそらくただひたすら日露戦争の遂行が最優先され、その場しのぎの縦割り構造的な判断だったのであろう。そんな歪みの果てに、東清鉄道を満鉄化する際には今度は１０６７ミリから１４３５ミリへ広げるという二度目の改軌を行う羽目になった。

なんたる無駄。

こうして「日本の事情」による改軌作業はドミノ倒しのごとく大陸を北上していったのだ。満州ほぼ全域を１４３５ミリ軌間で制圧し続けた日本。改軌作業はついに満州里までに到達する。そうして、その影響は最後の最後にこのロシアのザバイカリスク駅にまで及んだのである。つまり、この駅で現在ロシアが行っている面倒な台車交換作業と、我々が延々と待たされているその理由は「日本の事情」だったのである。

そして目前に敷かれている「四線軌条」とは、かつて日本軍が行った侵略戦争を今に伝える生き証人ともいえるのだ。こういう歴史を知ると、日本軍という存在がいかに近隣諸国にとって迷惑だったかが透けて見えてくるではないか。

ロシアとしてはそんな面倒な国からの入国者に対して慎重にもなるわけだ。

満鉄を守るはずの関東軍自ら線路をぶっ飛ばし、その罪を中国軍に擦り付けて満州を占領した柳条湖事件しかり。もしこの近辺で線路に異変でも起こった時には、たぶん私の指紋あたりが一番で照合されることになるのであろう。ロシアには小指の内側の指紋まで残されているのである。

恐ろしい。

ようやく台車の交換が終わったボストーク号がディーゼル機関車に引かれて四線軌条のホームに戻ってきた。とにかく乗り込もう。もうこの国境の駅からさっさと逃げ出したかった。

実に長い停車時間を経て、列車はようやくザバイカリスク駅から動き出した。満州里から合計すれば、実に8時間も国境で足止めを食っていたことになる。ザバイカリスク駅に到着した時のヨーロッパを期待させたワクワク感など、もはや完全に吹き飛び、正直いってもう二度と来たくない駅となった。

列車の速度は次第に上がり、シルバーグレーの車体は雪の原野を突き進んでいた。

青木センセイがため息まじりで口を開いた。珍しく真顔であった。

「いやー、危なかったですね。清水さんのお父さんがシベリア抑留者だったことがバレても、それはご苦労さんでした！　って感じで済むんでしょうけど。おじいさんのことを知られたら、これはもうやばい。抑留か銃殺でしたよ」

やれやれ、物騒な話はまだ続くのであった。

父はシベリアで苦労を強いられたのだが、その父親であり私の祖父はといえば、実はロシア軍から見ればとんでもない人物だったのだ。

1866年（慶応2）に、東京神田の佐久間町で生まれた私の祖父・清水駒次郎は職業軍人だった。陸軍士官として日清・日露戦争に参戦しているのだ。下町の寺にある祖父の墓石にはこんな文字が刻まれている。

二十八珊榴弾砲隊 旅順爾霊山攻撃任露艦撃沈皆泰殊勲官録其功四級金鵄勲章

爾霊山《にれいさん》とは「203高地」のことである。あの名高い戦いでロシア陣地および軍艦を沈没させたと叙勲されているのだ。つまりロシア目線では許しがたい男。私はその孫だったのである。

以前、日露戦争について取材をしたことがあった。

その際、祖父についての事実関係を丹念に調べあげてくれたのは、ほかならぬ青木センセイご自身であった。何しろ自分の血縁の調査である。腰が引けたり、バイアスがかかってはならない。そこで氏にお願いしたのであった。センセイは元々は報道記者であり、その取材は徹底したものだった。彼がせっせと集めてくれた日露戦争の公文書や記録から恐ろしい詳細がわかってきたのだ。

そこでセンセイと私は2016年冬に遼東半島・旅順を訪れて現地取材を行ったのであった。現場と資料を突き合わせることで、明らかになった203高地の戦い。そして祖父との関連。浮かび上がったのは次のような話だった。それはなぜロシアがここまで日本人を警戒するか、という歴史そのものでもあった。


1904年（明治37）2月――。

対露強硬論が噴出していた日本は、「日英同盟」を締結すると、大国ロシアとの戦争の路《みち》を歩み出す。

2月8日、海軍は旅順港のロシア艦隊に対し奇襲攻撃をかける。一方、陸軍は第一軍が朝鮮半島へ上陸。鴨緑江を渡って満州周辺に居座っていたロシア軍と衝突した。

旅順港を包囲した海軍は狭くなっている湾口に老朽船を沈め、機雷を使って港を封鎖した。ロシア艦隊は雪隠詰めとなり動きが取れないものの、旅順港沿岸や近辺の山々に、堡塁や砲台をずらり並べ防衛準備をしていた。高所から打ち込んでくる弾丸の嵐を受け、海軍は湾内への直接攻撃を果たせずに睨み合いの状態に陥った。

海軍から要請を受けた陸軍は、乃木希典《まれすけ》を司令官とする第三軍を編成。要塞を陥落するための攻撃を繰り返すがロシアの要塞は頑強だった。厚さ1メートルを超えるようなコンクリートや大きな石で構築されていたのだ。旅順はもはや日清戦争の時とは全く様相を変えていたのである。日本軍は多数の死傷者を出す。二度にわたる総攻撃が行われるが、それも失敗に終わった。

陸軍は、遥か遠い山上の要塞を攻撃するために特殊な兵器を使うことを決定する。「二十八糎榴弾砲《せんちりゅうだんほう》」というものであった。東京湾防衛のために三浦半島や房総半島、小島などに備えられていた固定式沿岸砲だ。直径28センチの巨大な弾丸を7800メートル先まで発射できる。

問題は総重量30トンを超えるこの巨砲をどうやって旅順まで運ぶかである。可能な限り大砲を分解し、横須賀港から専用輸送船「砲運丸」に積載。大連港まで搬送した。旅順までは東清鉄道で輸送する。その後、最前線まで人力によって運ばれた。ビール瓶のような形状で、砲身だけでも10トンを超える大砲を、台車に乗せて人力で曳いたのである。

陣地に組み上げられた榴弾砲からロシアの要塞めがけて弾丸が次々と発射された。いくつもの要塞、堡塁を破壊するものの、肝心のロシア艦隊が潜む旅順港はすりばち型の地形の底で、見通しが悪い。

膠着《こうちゃく》した状況下で、一つの山の名前が浮上する。

それが「２０３高地」だった。

標高２０３メートルの頂上からであれば、旅順港が直接見えるのではないか。攻撃目標は変更された。銃を抱え、ハゲ山の斜面を駆け上がる日本兵たち。だが、その途中、多くの兵士が撃たれた。手榴弾を投げられては雪面に崩れ落ちていったという。

乃木将軍は、攻城砲兵司令官の豊島陽蔵《てしま》少将に砲撃の強化を命じた。

青木センセイが見つけてくれた資料の一つに、陸軍の公式記録『明治卅七八年日露戦史』があった。そこには詳しい経緯が記されていた。

豊島司令官は12門の二十八糎榴弾砲を新たに配置する。２０３高地にから3・5キロ北北東の地、碾盤溝《てんばんこう》という地に「碾盤溝榴弾砲隊」を設営した。２０３高地への射程距離内に巨砲が前進したのである。

その指揮官が私の祖父だった。

『明治卅七八年日露戦史』にはこう記されていた。


少佐清水駒次郎之ヲ指揮シ第一攻城砲廠ノ人員ヲ以テ編成シ碾盤溝榴弾砲隊ト称ス

11月27日10時30分。祖父が指揮する隊の28センチ砲が火を吹く。２０３高地を目標に白煙と轟音を残した砲弾が空を切り裂いた。28、29日と砲撃は続く。援護射撃を背にした歩兵たちは斜面をジリジリと這い上がり、それでも撃たれ、転がり、塹壕を死体で埋めた。激しく抵抗するロシア軍と日本軍は山頂を奪い合う。

頂きに日の丸がはためいたのは12月5日だったという。

２０３高地陥落。

日本軍は山頂に観測点を設置。測遠機を使った垂直基線方式によってロシア軍艦の位置を正確に算出したという。山頂と碾盤溝榴弾砲隊間に敷かれた有線電話により観測隊員から目標点指示が入る。碾盤溝では二十八糎榴弾砲のハンドルが廻され、方位と仰角が緻密に計算され砲身は旅順港に向けてセットされた。

発射――。

大砲弾は大弧を描き、２０３高地を越えていった。観測点より次々と「命中」の報が入る。戦艦ポルタワに12発命中、炎上して45度に傾斜。戦艦レトウィザン8発命中沈没。戦艦ペレスウェトは48発命中、巡洋艦パルラダ26発、バヤーン41発命中……。

碾盤溝榴弾砲隊が撃った砲弾は延べ２９３０発に及ぶ。

実は旅順港の攻撃をめぐっては、これに先立つ9月末にすでに海軍陸戦重砲隊が旅順港を見下ろせる標高１７４メートルの海鼠山《なまこやま》に望楼を設置し、砲撃を開始していたという話もある。碾盤溝の二十八糎榴弾砲は、実は海鼠山望楼からの測量情報により砲撃し、その結果、２０３高地陥落前にすでにロシア艦隊は相当な被害を受けていたというのだ。

観測地点がどちらにしても碾盤溝から発射した二十八糎榴弾砲がロシア艦隊に致命傷を与えた事実に変わりはないのだが、当時は陸軍、海軍が互いに戦果を競っていたこともあり、旅順港の露艦撃沈がどちらの手柄だったのか明確にすることは難しそうだ。

年を越えた１９０５年1月1日、ロシア軍旅順要塞司令官ステッセル中将は降伏した。

その後、日本海で連合艦隊がロシアに戻る途中のバルチック艦隊を待ち伏せして撃滅。ロシア海軍にとってはダメ押しとなる。

同じ頃、ロシア国内では別の問題が発生していた。「血の日曜日事件」をきっかけに第一次革命が起こったのだ。ロマノフ王朝はこの対応に追われていた。国会開設勅令の発布などでなんとか鎮静化したものの外国との戦争継続は困難になっていた。

苦しいのは日本も同じだった。２月から3月にかけての奉天会戦《ほうてんかいせん》では、日本軍はロシア軍を破りハルビンへと後退させたものの、すでに日本軍の補給線も伸び切ってしまいそこから先へは進めない。結果、両軍は奉天とハルビンで睨み合う形になっていた。

すでに日本軍の戦死者は8万４０００人、負傷者14万３０００人に達していた。兵力も武器弾薬も底を尽き、つぎ込んだ戦費は当時の金額でなんと20億円である。戦費調達のために「非常特別税法」まで制定され、税金も増え続けて国民は悲鳴をあげていた。もはや国力の限界だった。

そこに現れた救いの神が、アメリカ大統領のセオドア・ルーズベルトであった。9月5日、大統領の仲介によりロシアとの間でポーツマス条約を締結する。実はこの裏には元々ロシアとの戦争に否定的だった伊藤博文の懸命な調整があったという。

こうして日本は悲願だった遼東半島をついにロシアから奪還したのである。同時に樺太の北緯50度から南などの領土も手にした。確かに戦争には勝利したのだが、実際のところは国力を使い切る寸前の辛勝だったのである。

それでも、軍の広報や舞い上がる新聞の報道で、勝った、勝ったと国民は熱狂した。当時新聞は戦争報道によって大いに部数を延ばしており、いわば共犯関係にあった。

ところが負けたロシアからの「賠償金」がないことを知って、国民の喜びは怒りへと変わる。日清戦争では2億両（テール）という賠償金を獲得できたではないか。しかもそのほとんどがこの日露戦費に注ぎ込まれたのだ。臥薪嘗胆を誓ってきたからこそ高額納税にも耐えてきたのに。今度は、新聞は市民の怒りを煽りたてた。

こうして起こったのが「日比谷焼き打ち事件」である。

ポーツマス条約締結日の5日、日比谷公園で開かれた反対集会で市民と警官が衝突。官邸、新聞社、警察署、市電までを焼き打ちした。暴動は翌日まで続き戒厳令が敷かれて軍隊が出動する騒ぎとなった。

だが、そもそもこの戦争はロシアの南下に対する脅威や、日本の植民地化を恐れたことから始まった戦争のはずであった。いつの間に国民は金や国土の拡大を求めるようになったのだろう。戦争とは、次第に人間を変えてしまうのか。

2016年冬の取材では、203高地に登った。

青木センセイも一緒だった。

粉雪が風に舞う朝、誰の足跡もついていない雪の斜面をゆっくりと進む。かつてはげ山だった戦場は雑木林となっていた。1万5000人の日本兵が命を落としたという場所。さぞや死屍《しし》累々だったであろう。

標高203メートル。辿《たど》り着いた頂上は双耳峰だった。

日本語で「重砲観測所」と書かれた看板が風に吹かれて音を立てている。

幾多の魂がさまよっているであろう頂には、風雪だけが吹きすさんでいた。

陸軍の記録には〈明治三十八年七月五日 陸軍砲兵中佐従六位勲五等　清水駒次郎以下二百二十三名叙位ノ件〉と残っており、碾盤溝榴弾砲隊はいくつかの勲章をもらったようである。その後、祖父は大佐にまで成り上がり、1924年（大正13）に病死した。

昭和生まれの私は当然ながら祖父と会ったことはない。父ですら4歳で死に別れているから記憶はほとんどないと言っていた。けれど私はこんな話を聞いたことがあった。

新宿区右京町にあった父の生家。

ある霧の夜、珍しく祖父が帰宅したという。

馬に乗ってきた祖父は幼い父にメダルのようなものを握らせた。勲章だったという。父は意味もわからずそれで遊んだ。その重さだけはずっと記憶していると言った。

祖父は自分の息子に金鵄勲章を自慢したのだろう。当時の軍人は国民の憧れだったという、女性の間では日露戦争の戦勝をたたえて「二百三高地結い」という高く束ねた髪型まで流行したという。

職業軍人だった祖父は鼻高々だったのだろうか。己が倒した国にやがて息子が捕虜にされるなどとは想像もしなかったであろう――。

「今、思えば勲章なんてどうでもいいもんだったんだよな。あの時代はすごいと言われたんだろうけどさ」父はそう言って鼻を鳴らした。戦時教育を受けた世代の人だけれど、自身の経験からか、いつも冷めたい目で戦争を見ていた。

私にしても今になって、祖父の何を知ろうが大きな意味はない。

だが、ロシア側から見たらどうか。かつてロシア軍に甚大な損害を与えた指揮官の孫なのである。たとえるのが難しいが、東京大空襲を命じた指揮官のカーチス・ルメイの孫が身分を隠し都内をうろうろしているようなものかもしれない。青木センセイが心配するように、こんなことがＫＧＢに知られたら、それは恐ろしすぎて想像に余る。

父はシベリア抑留者、ということだってプラスに作用するとは限らない。もともとは鉄路を破壊する聯隊にいた兵隊なのである。そしてその息子は父の復讐に燃えているかもしれないではないか。そもそも私のジャーナリストという仕事だって、この国が喜ぶはずはなかった。このボストーク号の客の中で私だけが危険度「三乗」なのではないか。

シベリア鉄道に乗ろうと旅気分で来たけれど、思えば軽はずみな行為だったかもしれない。ザバイカリスク駅での尋問を振り返ると、今さらに悪寒を覚えた。

私は、青木センセイにそんな不安をぼそっと吐露した。

珍しく弱音を吐く私を見てセンセイは眉を寄せた。心配気な目の奥には、強い友情の灯火を感じる。私は、何か言葉をかけて欲しかったのだ。

青木センセイは深刻な視線を私に向けて、そっと口を開いた。

「なんか、腹減りません？　あー、そういえば２０３高地っていえば、大連の飯。あれはもう最高でしたな。蒸したシャコのテンコ盛り。大ヒラメ食い放題、海鮮火鍋と紹興酒。スーパーで買った炭酸でハイボール飲んで。タジン鍋でしたっけか、あれもなかなかで」

いわれてみれば、カップ麺以来、何も口にしていない。すでに昼近い。センセイがあんまりうるさいこともあり、コンパートメントでささやかな宴を催すことにした。

国境の駅で買い込んだサラミとチーズ、それに女性店員のお勧めの山形のパンを並べる。持っていた小型ナイフでそれを切ると、パンはボロボロに崩れてテーブルクロスをパン粉まみれにした。空気も乾燥しているのだろうが、口にしてみてもボソボソであまり食べる気にならない。女店員のお勧めがこれでは、最初に指したパンを買っていたらいったいどうなっていただろう。おかっぱ頭の女性に感謝するとセンセイはこう言い放った。

「何を甘いこと言ってんですか。ここはロシアですよ。お勧めなんて真っ赤な嘘。外国人に売れ残りを押し付けたんですよ。そういう国なんですよ、ロシアは。あー不味い、不味い」KGBが消えて以降、強気になったセンセイの食レポである。

我らが愛好するウイスキーの角瓶と芋焼酎もテーブルに並べている。いつもはハイボールにするのだが、当地では炭酸水は見かけない。寒い地でもあるから芋のサモワール割りをとも思ったが、その日はなぜか酒も進まなかった。

ちなみにシベリア鉄道では食堂車以外は一応禁酒になっているらしいが、さすがに個室は別であろう。実際、食堂車では持ち帰り用にスナック菓子やウオッカやウイスキーなどの酒瓶をずらりと並べて販売している。こういうところがセンセイのいうロシアという国なのであろう。

6章
シベリア鉄道の夜

ロシアに入ると車窓の風景が次第に変わり始めた。

枯れた低草は相変わらずだが、次第に雪の量が増えてきた。強い風の力を受けているのだろうか、雪面には風紋も見える。稀に集落や、板塀で囲まれた小さな牧場のような粗末な木造建物がぽつりぽつりと建っていて、その周りでは黒い牛が草を食《は》む。

中国ではほとんど感じなかったレールのジョイント音がロシアに入ってからはっきりとリズムを刻んでいた。日本の鉄道と同じような間隔。タタン、タタンというその繰り返しの音は、昼間でも睡魔を誘う。

すれ違う列車の数も増え、それも貨物列車が多くなってきた。

ロシアの鉄道は日本とは違って右側通行である。我が4号室は進行方向左側に面しているので、やたらと対向列車が展望を塞ぐ。石炭を満載した緑色のホッパー車、砂利や木材を積んだ貨車だ。それらの車両はみな長く、背も高い。よって、編成全体が長いからかなりの間、視界が奪われるのだ。一度数えてみたら50両を超える長大編成だった。

父のシベリアメモにはこう書かれていた。

50屯貨車も普通

当時の日本の標準的な有蓋車は15トン積み程度である。つまり貨物列車全体の輸送量となれば桁違いであろう。シベリア鉄道が求められた理由の一つである「資源輸送」は今でも十分に機能しているようだ。この鉄道が全線複線化されたのは１９３７年だという。

平坦だったシベリアの大地も、進むにつれて高低差が出てきた。丘陵を行く線路は時に勾配となり列車の速度は落ちる。牽引しているディーゼル機関車がエンジンをふかすと、前方から真っ黒い煙が車窓を流れて行く。まるで蒸気機関車での旅をしているようだ。全線電化されているシベリア鉄道だが、なぜか一部では大きなディーゼル機関車も使われているのだ。

長く続く丘を、鉄路は時にまっすぐに切り通し、あるいは等高線を這うように登って行く。単調だったボストーク号の車窓は、今や大パノラマを見せてくれるようになった。大興安嶺を越えるループ線は廃止されてしまったが、ここでは１８０度以上も向きを変えるループ線が続いていて、ウインドウから列車の前後の全てを見せてくれる。なんとΩ《オーム》型の線形を描いているカーブもあった。非常に緩やかなそのカーブを列車が登ってきたことがわかる。それだけ雄大な土地なのだ。

冬季間は一面凍りつき不毛地帯にしか見えないこのあたりも、夏になると緑広がる草原地らしい。

どこまでも続く人工物のない平野。

ダイナミックな異国感は私の視線を釘付けにする。

日本でこんな車窓を拝めるところがあるだろうか。北海道・宗谷本線のサロベツ原野付近。釧網《せんもう》本線の一部、根室本線の落石《おちいし》付近……、いずれも日本離れした光景を見せてくれるのだが、やはりスケール感は違う。ただ唸る。

途中、大きな鉄橋を何回か渡った。

両岸には迷彩塗装を施された監視小屋が建っている。鉄橋は特に重要警備をされているらしい。こんなところで写真撮影などしていたら、スパイ扱いされるのは確実だ。

通過中の橋上から真っ白に凍りついた川が見える。氷面に鉄橋と平行するように木の杭が並んで打ち込まれていた。この季節に何者かが氷上を歩いて鉄橋に近づかないよう有刺鉄線を張っているらしい。「鉄道を守る」という意識はすさまじい。

それもそのはず、シベリア鉄道は過去の戦争で何度も鉄橋を破壊されてきたからだ。そのうちの一度は、日本軍によるウスリー線イマン鉄橋への攻撃だった。（46頁の地図参照）

ウラジオストックとハバロフスクを結ぶウスリー線をいざという時に遮断するため、日本軍は1938年（昭和13）には満ソ国境線ぎりぎりに重火力戦要塞を構築した。

それが虎頭要塞であった。第四国境守備隊を配置し、ドーム型の砲塔陣地や地下要塞を張り巡らせた。鉄道線路まで引き込み、三十糎榴弾砲を備え付ける。その目的は国境警備と、砲撃目標はワーク川に架かるイマン鉄橋だった。

そこがシベリア鉄道を唯一遠望できる場所だったからである。

その距離約10キロ。しかしソ連軍は重砲の設置に気づく。そしてなんとウスリー線の位置を変更した。三十糎榴弾砲の射程距離の外側に迂回線を新設、イマン鉄橋を5キロ上流へと移設したのである。

それでも日本軍はシベリア鉄道破壊を諦めなかった。

41年、極秘でさらに巨大な大砲を虎頭要塞に運び込む。「試製四十一糎榴弾砲」と「九〇式二十四糎列車加農《かのん》砲」の2基である。千葉県の富津に置かれていた東京湾防衛用の巨砲だった。列車加農砲とは文字どおり線路上を走行できる列車砲だ。銃身の長さは12・83メートル、最大射程距離は約50・12キロメートル。これを船で日本から大連へ輸送。日本のレール幅の狭軌から、満鉄の標準軌の台車へと交換し、満ソ国境に据え付けたのだ。

こうして45年の8月9日を迎える。

この時、虎頭要塞の国境守備隊には1400名の兵がいた。突然、ソ連軍から猛攻撃を受けて初めて日ソ開戦を知る。攻め込むソ連軍とは圧倒的な軍事力の差だったが、虎頭要塞は懸命に応戦する。四十一糎榴弾砲は迂回線のイマン鉄橋を狙って砲撃を開始。11発目が鉄橋北端を破壊。一時的にウスリー線を不通にしたという。

しかし、列車砲はといえば、この肝心な場面で移動命令が下って解体中で使用できなかった。関東軍司令部令による、あの「通化への後退」であった。守備隊や邦人、満州の4分の3は放棄するとしても日本軍唯一の列車砲を遺棄するのは惜しかったということか。結局、虎頭要塞はソ連軍によって徹底的に破壊された。そこに逃げ込んだ民間人や開拓団合わせて1800人が死亡したのである。生き残ったものわずか50名であった。

そんな歴史を背負うシベリア鉄道だからこそ警備は厳重なのである。


その鉄道を保守する人々もいた。

時々、線路脇に、分厚い防寒着の上にオレンジ色のベストを着た人たちが立っている。ツルハシやスコップなどを持って通過列車を見上げていた。保線要員であろう。中には女性の姿もあった。シベリアの地吹雪巻く中、凍る鉄路での肉体労働作業はどれほど辛いものだろうか。

ボストーク号が駅に停まればオレンジベストの人が集まってくる。車体の下を点検し、ホースを差し込み、コックをひねる。洗面台やトイレで使用する水を補給しているのだ。氷点下での水扱い作業もまた過酷な仕事であろう。

尾籠な話で申し訳ないのだが、トイレといえばボストーク号の車両は未だ垂れ流しである。日本の車両も昭和の頃は同じだったが、今やタンク式だ。延々と続く大草原のシベリアなら落下式でもさほど問題はなさそうだが、大都市近辺では都合が悪い。この列車も大きな駅やその前後の区間に入るとトイレを使用禁止にしていた。車掌がトイレのドアに鍵をかけてしまうのだ。駅によっては到着前後の30分ぐらいは使えない。つまり合計1時間はトイレに行けない場合があるということなのだ。知らないとちょっと恐ろしい。

緩やかな丘陵に脆弱《ぜいじゃく》な太陽が没しようとしていた。

濃紺からブルー、そして地平線際では薄暮の白からオレンジ色へとグラデーションをつけていく天地。今まさに闇に包まれようとしていた。低木しか育たないこの地には、どんな生命体なら命を育むことができるのだろう。

今はただ、そこを西へ西へと進んでいく。

きしむ個室の壁と振動するガラス、天井に灯るオレンジ色の常夜灯。

単調に繰り返されるレールのジョイント音。

時々、その音が乱れたところが駅だった。闇夜の中、ぼおっとロシア文字の駅名看板が浮かび上がる。通過する優等列車を見送る駅員の吐息が真っ白だ。

思えば、こんな旅をどれほど繰り返してきたか。

二十歳を過ぎたある冬、雪が見たくて日本海に向かったことがあった。まだマスコミとは無縁で、新聞すらろくに読んでいなかった頃だ。

あの旅が、人生の原点になったのかもしれない。

急行列車を乗り継ぎ、新潟県の柏崎駅で降りた。望んでいた雪は時折ちらつく程度。駅前の道をとぼとぼと歩き海辺に出た。

初めて見た冬の日本海。まるで台風が接近しているかのような波濤《はとう》が押し寄せ、顔に叩きつける強風が待っていた。すいぶん後年になって知ることになるのだが、その場所こそが北朝鮮工作員による拉致現場だった。蓮池薫さんと祐木子さんの誘拐された場所。もちろん当時の私はそんなことは知る由もない。日本海は、工作員のゴムボートが上陸した静かな夏の海とは別世界。真っ黒の海が、波浪が叫びを上げていた。

波打際に黒い合羽を着た人が背を丸めて立っていた。長靴を少しずつ前に進めている。手には長い柄の付いた柄杓《ひしゃく》。足元の砂利の中に差し入れて持ち上げると、柄杓から海水が素早く抜け落ちた。底に穴が空いているようだ。その繰り返しをぼんやりと眺めているうちに思い出したことがあった。

子供の頃、父から聞かされた物語だった。

遭難死した船乗りたちの霊が、その海を通る船の舷にやってきて「柄杓を貸してくれ」とせがむ。言うとおりに貸すと船内に水を汲んで入れられ船は沈んでしまう。だから漁師たちは船の中にあらかじめ底の抜けた柄杓を用意しておく……。確かそんな話だった。父は唐突にそんな話をすることがあったのだ。それは子供心になかなか興味深かった。

私は、バッグから一眼レフカメラを取り出した。父から譲り受けた古いアサヒペンタックス。ペンタプリズムの頂点など黒い塗装が剝げて真鍮《しんちゅう》が顔を出して鈍く光っている。標準レンズを廻して外し135ミリの望遠レンズをねじ込んだ。

高い波を背負って歩く合羽姿は老人のようだ。一枚目。構図は横位置。そして二枚目は縦位置で。何枚かシャッターを押してからその人に近づいた。

フードを被った白髪の人は、時折、柄杓の中から何かを拾って腰に結わえた袋の中に入れている。貝でも採っているのか、尋ねると、じろりと私に目をくれ、強い風音に負けないような大きな声を張り上げた。

「めのうだ」

怪訝《けげん》とする私に、袋の中から小さな丸い石を摑み出して見せた。白や薄緑色をしたいくつかの石だった。

「これが、めのうだ」

老人はそのうちのひとつを私の方に突き出して無愛想に「やる」と言い、口の片方を吊り上げて笑った。私の手のひらに置かれた石は、海水に濡れて光っていた。白に茶色のマーブル模様。茶色の線は地図の等高線のような曲線を描く。日本海の怒濤で磨かれて丸くなったのか、それともどこかの川の上流から転がってきたのか。

石から目を上げると、老人の背はすでに小さくなっていた。

その夜は上越市に移動した。

直江津駅に近い路地裏で見つけた食堂に入る。地元で採れるという白身の魚がなかなかうまい。割烹着姿の話し好きのおばちゃんに、もらった石を見せると、めのうは「瑪瑙」と書くと教えてくれた。

「宝石ほどの価値はないけどね、綺麗なものはアクセサリーとかになるのよ。安いけどね」と笑った。

あの後、合羽姿の老人の真似をして波打ち際を探してみたが、同じような石は簡単には見つからなかった。ぱっと見つけてざくっと掬《すく》うプロの仕事。繰り返しの経験とはすごいものだと思った。

厨房から顔を出した店主が「あんたどこから来たの」と聞いてくる。

東京からです。そりゃ遠いわ。どこへ行くんだ。これから決めます。へーうらやましいね。いえいえ。お客さん酒好きかい？　ええ少しなら飲みます。これさ、こっちの地酒なんだけどさ、どう？　ありがとうございます。俺も飲むからさ。あらやだもう閉店かい。どうせ客なんか来ねえから暖簾しまっちゃえ。はいはい。旅はいいねえ。そうですね。うちのかあちゃんなんかさ、この町から出たことないんだよ。ははは、やだよ、隣町ぐらいは行ったことあるよ。えっ冗談でしょう。いや、本当なんだよ。隣町だけですか？　そうなのよ遠くは行ったことないのよ、ほほほ……。

聞いてみると、本当に直江津から出たことがないという。

地元で生まれ、地元の人と結婚して、ただその地で生きる。

その人たちに注いでもらって杯を重ねた。

なんだかうまい酒だった。

翌朝、小雪が散らつく直江津駅を後にした。確か金沢までの切符を購入していたのだと思う。当時の時刻表を開いてみれば、9時21分発の「雷鳥12号」に丸印が付いている。まだ国鉄の時代だった。乗り込んだのはクリーム色と赤のツートンカラーの特急だ。

隣席に女性が座った。

新潟県の実家に里帰りして、これから滋賀県に戻るところだという。工場で働いているそうだ。

「クリスチャンディオールって知ってますか。そのスカーフとかを作っているんです。作るといっても箱に入れたりするぐらいですけど……」

ベルトコンベアにずらりと人が並ぶ工場で、誰かが使う高価なブランド品をパッケージする仕事。15歳で中学を卒業してから親元を離れ、ずっと職場の寮で暮らしていると言った。私と同い歳だった。両親と離れて暮らして寂しくないですか？と思わず尋ねると、「最初の頃はふとんに入って、夜汽車の汽笛が聞こえるたびに、乗って新潟に帰りたいと泣いてました」と返ってきた。

まるで女工哀史のようだ。時代は昭和とはいえ、東京で生まれ育った私の周りにはいない経歴の人だった。集団就職、金の卵などは全て昔話としか思っていなかったのだ。

糸魚川9時50分着。1分停車。

乗降する人は少なく、その日の車内はガラガラだった。

列車は北陸路をぐんぐん加速していく。

「昨夜まで実家に泊まって、今朝直江津に出てきたんです。別れる時にはやはり泣きそうになりました。雪の中で母がずっと手を振っていて……」

実家は、豪雪で有名な新井市（現妙高市）からバスで山間部に入り、終点からは雪の中を歩くという。

「冬はいつも長靴でした。学校も遠くて。恥ずかしいんですけど、今も家に電気が来てないんですよ。両親はランプで生活しているんです。炭焼き小屋みたいな家なんですよ」

列車は日本海に沿う崖の下を這うように進んでいた。親不知《おやしらず》・子不知《こしらず》を通過する。北アルプスの山脈が日本海へと急激に落ちていくその崖は昔から街道の難所だった。親は子を、子は親を省みることができないから付けられた名前。

魚津10時28分、富山10時48分。

いつの間にか大粒のぼたん雪が横殴りのように降っている。その向こうに灰色の日本海が霞んで見えた。遠くシベリアから来た寒気団が日本海を越え山脈にぶつかる。そして降雪。

列車は海沿いの細い道床を縫うように走っている。

女性から素性を尋ねられた私だったが、何をしているのかはっきりと答えることができなかった。豪雪の地で育った人に、雪を見たくて来ましたなどと言い放つただの恥知らず。彼女は、私が口にする雑談を喜んでくれたようだが、ただ恥ずかしかった。

高岡を過ぎ、金沢着11時35分。

降りようと思っていた駅だったが、席を立つことができずに、私はそのまま、彼女が乗り換える敦賀まで北陸路を進んだ。時に言葉を交わし、そして黙り込んで考えた。

小松 11時56分。

この地には一度だけ来たことがあった。まだ中学生だった私は父とこの駅で降りた。尾《お》小屋《ごや》鉄道という小さな地方鉄道の撮影に来たのだった。左側の車窓からその駅があった場所が見えた。今はもう鉄道は消えてバスの車庫になっている。あそこで塗装のはげたペンタックスを構えたのだ。尾小屋鉄道は軌間762ミリという細い線路幅の小さな鉄道だった。父は鉄道聯隊の軽便鉄道と重ね合わせたのだろう。親子の興味は一致してここまで撮影に訪れたのだ。木曽森林鉄道、立山砂防軌道、近鉄四日市線、西武山口線……、様々なところに連れていってもらったものだ。

敦賀13時10分着。

彼女と連れ立ち、下車。駅前の食堂で一緒に昼食を取った。

彼女はおさしみ定食。私は天ぷら定食だった。なぜかそんなことはよく覚えている。

「急行くずりゅう8号」敦賀14時55分発。

あずき色とクリーム色に塗り分けられたその電車は混んでいた。車内に入れず二人でデッキに立つ。やがて下り勾配に入った列車は湖畔に飛び出した。ついに琵琶湖か、と思った時に女性は静かな声で言った。

「余呉《よご》湖というんです。琵琶湖の手前にある小さな湖です。私はこちらの方が好きかな。

人が少なくて静かなので。たまに職場の人と遊びに来るんですよ。春や秋がいいですね」

15時27分。とうとう彼女が降りる長浜駅のホームに列車は滑り込んだ。

「いつもは直江津からとても遠く感じるのですが、今日は話し相手をしてもらったので、あっという間に着きました。ありがとうございました」

ホームに立った彼女はそう言って頭を深く下げた。

赤い旗を持った駅員が柱のボタンを押す。ジリジリジリジリ……ベルがけたたましく響いた。笛の音。ガラリと音を立てて急行くずりゅうのドアは閉まった。

その直前、私の指先はポケットの中にあった瑪瑙に触れた。これを渡そうか、ちらりとそう思った。けれど新潟の人にとっては珍しいものでもないだろうと思い直した。

いや、本当はただ勇気がなかっただけだと思う。

その人の名前を聞くこともなかった。

だから二度と会えない。

一期一会。

その後、米原駅に出て新幹線こだま号に乗り換えて帰京した。

1980年の冬。私は、自分が狭い価値観にすっぽりはまって生きていたことに気がついた。知らない世界をもっと知るべきだ。とりあえず新聞ぐらい読んでみるか。本もだ。

そして、その後、私は新聞社のカメラマン採用試験を受けることになる。

朝8時を過ぎても車窓は闇のままだった。

ボストーク号はシベリア鉄道の本線を快走していた。

前夜遅く、東清鉄道からの分岐線が終わって本線へと合流したのだ。深夜0時頃にはチタという駅で停車中に列車がガチャーンと振動した。またも列車の入れ替えをしたらしい。その衝撃で一度目覚めてまた眠りに落ちた。

チタはこの付近では大きな街であり、ソ連軍の捕虜となった日本兵も多く抑留されたという。満州皇帝だった愛新覚羅溥儀が最初に護送されたのもこの町だ。

「食堂車、いつの間にか連結されているらしいですよ。今度は後ろではなくずっと前の方みたいです。何か食べ行きましょうか。飯ですよ飯」と青木センセイが情報収集してきた。

前日は一日バタバタで粗食だったから温かいものが食べたかった。

寝台車の狭い通路を左右に揺られながら歩き、途中に立ちはだかる何枚もの重いドアを開け閉めしながら列車内を進む。

車両と車両の連結部の扉を開くと、そこは別世界だった。極寒シベリアに放り込まれるからだ。

足元の鉄製の踏み板が大きな音を立て、ホロの隙間からは寒風が容赦なく吹き込んでくる。日本兵たちが乗せられていた「隙間風吹き込む貨車」とは、つまりこんな状態なのだろう。そんな連結部を何ヶ所か通過していくうちに身体がどんどん冷えてくるのがわかる。捕虜はそんな場所に24時間置かれたわけである。過酷さとは体感しないとわからない。

当時のシベリアは、温暖化が進む現在よりもっと寒く、衣服の保温性もずっと劣っていた。体感温度はさらに低かったはずだ。

長い車両の通路を5、6両も歩いてようやく食堂車に辿り着いた。

ところが、薄暗い車内にいた若いウエイトレスは我々に何かを言って首を横に振る。言葉はわからないが、両手を広げたその仕草が歓迎のはずはなかった。そもそも労働意欲を全く感じさせない無表情のおねえさんである。青木センセイが通訳してくれる。

「なんだか、営業開始が朝は9時からだとか、むにゃむにゃ言ってますね」

「えっ、だってもう9時じゃん」

私の腕時計は確かに9時を示しているのだ。空腹かつロシア語を理解できない私は自動的にセンセイの方を向いて文句を言ってみるしかない。

「どこかで1時間の時差があったみたいです。なのでまだ8時だと言ってますよ」

ならば食堂車の壁面にぶら下がっている時計で決着が着くかと思えば、その針は3時を指している。なんとそれはモスクワ時間であった。ロシアの鉄道の運行は全てモスクワ時間で行われているという。ややっこしい限りだ。

どうせ食堂車には誰もいないのだから、そこでオープンを待ちたかったのだが、それも断られ、仕方なく我々は極寒シベリア通路を戻り、1時間後にまた極寒通路を出直す羽目になった。これこそが「シベリア鉄道」の旅ということか。

戻った食堂車はあかりが灯り雰囲気は一変していた。

クラシックな中国の食堂車とは違って、おしゃれで明るいインテリアはヨーロッパの鉄道を思わせた。テーブルには清潔なテーブルクロス。窓際には紙ナプキンが綺麗な扇型に広がっている。出されたメニューにはロシア料理のカラー写真があった。

我々のテーブルを担当したのは、先ほどの無愛想な若いウエイトレスではなく、金髪の中年女性だった。赤いベストに白いネッカチーフの制服、メガネを少しずり下げて愛想をふりまいて注文を取る。なんだか楽しくなってきた。

車内の冷蔵ショーケースには何種類もの冷えたビールが並んでいる。常温ビールの中国とは別世界。前日の簡素な食事の反動で朝からビールやらボルシチやら、いろいろとオーダーしてしまう。

運ばれてきた深い皿には、湯気をあげる真っ赤なスープに白いサワークリームが浮いていた。実は私はボルシチというものを食べたことがなかった。日頃はガード下の焼き鳥屋に生息しているのである。どこの縄のれんにボルシチがあろうか。

初体験のそれは想像以上にうまかった。テーブルビートという赤い野菜を煮込んでいるのだという。熱いスプーンをどんどん口へと運んでいく。冷えたビールと熱いスープ。やはり味覚には「温度」という要素も重要なのだ。

日本兵を偲んで黒パンぐらいは体験したいところだったが、それは食堂車にもなかった。出されたのは茶色の香ばしい丸形のパンだ。

食事に夢中になっている間になぜか車内が明るくなっていた。

ふと見れば、右側の視角が開け、真っ白な雪原が続いている。まるで流氷に覆われたオホーツク海沿いを走るＪＲ釧網線の車窓のようだ。

しかし海に見えたそれは湖だった。

バイカル湖――。

愛想のいい方のウエイトレスが、閉まっていたカーテンを次々と気前よく開けてくれ、外を指さしては何度も「バイカル」と発音してうなずいている。

バイカル湖はシベリア鉄道随一の車窓風景ともいわれている。アジア最大の湖で周囲は２１００キロ。面積は九州とほぼ同じという。シベリア鉄道沿線だけでも３００キロ近くあり、３時間は車窓に湖が続くという。一方で最大深度１６７３メートルは世界一深い湖だ。

それだけではない。透明度も世界一なのだという。

世界一の透明度……。

ある記憶が突然に脳裏に蘇った。

かつて世界第二位の透明度の湖を覗き込んだことがあった。北海道の摩周湖だ。摩周湖は１９３０年の調査でバイカル湖の透明度の40・5メートルを抜き41・6メートルで世界一になったこともある。

今から40年ほど前、駆け出しのカメラマンの頃、研究者と摩周湖の水辺まで降りる許可を取ったのだが、湖岸に降りる道がなかった。急斜面の踏み跡をロープを使って降下して、なんとか岸辺に降り立つと小石が転がる小さな浜に出た。カルデラの崖に囲まれた摩周湖に小さいながら岸辺があったことは驚きだった。その縁から切り立った水辺を覗き込めば見事なエメラルドグリーンが揺らめいていた。木々を通して差し込む太陽光がどこまでも吸い込まれる。そんな神秘さを感じた。これを写真で表現することは不可能だとも思った。

その時は、世界第一位の「バイカル湖」という湖がどこにあるのかも知らなかったし、まさかそこを訪れる日が来ようとは夢にも思っていなかった。

だが、父はすでに私が生まれる前に、ここに来ていたのである。


父を乗せてきた貨物列車はバイカル湖の湖畔で止まったという。

「まるで海のようなバイカル湖が広がっていたな。対岸なんてまったく見えない。真っ白に凍っていて、ただ雪がしんしんと降り、身体を締め付けるような寒気だけが襲ってきた。とんでもないところに連れてこられちまったなと思ったよ。マンドリンを構えるソ連兵から、荷物はトラックで運んでやるから載せろと指示された。そこからは徒歩だ。どこまで歩いても変わらぬ景色だった。歩いても歩いても、雪原と森林だけが交互に続いてたな……」

父の言葉どおり、バイカル湖は対岸が見えなかった。

右側に湖。左側に黒い森を車窓に流しながらボストーク号は走り続けている。

バイカル湖はブリヤート共和国の中にすっぽりと入っているという。国の中にまた国があるという感覚は日本人にはちょっとわかり難いのだが、ロシア連邦を構成する共和国の一つだ。このあたり、シベリア鉄道はバイカル湖とモンゴルの国境の狭い間を抜けて走っていた。本当に遠くまで来たことを実感する。これは飛行機の旅では覚えることのない感覚だろう。

13時25分スリュジャンカ駅着。

低いホームに石造りの立派な駅舎。パラパラと数名の人が降りていった。周囲には深い森しか見えないが、どこかに街が広がっているのだろう。列車はここでようやくバイカル湖から離れて左手の山間部へと分け入っていく。右へ左へと連続する急なカーブと勾配が続き、這うように山を登っていく。途中で珍しくトンネルも通過した。

急カーブで列車が弓なりになると、ボストーク号の前後もよく見える。先頭はいつの間にか赤い電気機関車と交代しており、力強く牽引していた。

ふと気がつけば、周りには太い樹木が増えている。背の高い白樺やもみの木などが雑然と並んでいるし、積雪量も多い。列車は原野を抜けてタイガと呼ばれる針葉樹林帯へ入ったようだ。ツンドラ地帯の南側がタイガと呼ばれるのだが、どちらも永久凍土の地である。

奥行き不明の黒い森を見ているうちに、〝カメラ店の店長〟が忠告してくれたシベリアオオカミという単語が頭をよぎった。森の奥には目を光らせたそんな動物もいるのだろう。

がくんと身体が前に押される。一定の速度で登坂を続けてきたボストーク号が制動をかけたのだ。下り勾配に入ったようだ。列車は次第に速度を落とし、やがて結氷していない広い川が見えてきた。対岸にはいくつものビルや教会が姿を現し、工場の煙突からは煙が上がっている。久しぶりに大きな街を見た気がした。それほど長く大自然の中を走っていたということだ。

人口60万人の都市イルクーツクにボストーク号は到着した。

7章 抑留の地

重い荷物を持って急なステップを降りていく。

足下のホームはカチカチに凍結していた。シベリアの第一歩で転ばないように緊張しながら靴底を置いた。

ボストーク号の周りには、防寒着の上にオレンジ色のベストを着込んだスタッフ達が忙しく動き回っている。ハンマーでブレーキのチェックをする者。張り付いた氷を落とす人。あの無愛想な女性車掌も外に出てきて、バールのようなもので床下に凍りついたつららを落としている。叩いているのはトイレの排水管だ。綺麗とはいえないその塊を懸命に割っている。車掌の仕事も想像以上に大変なようだ。

ホームの上にはシベリアンハスキーのような銀色の犬が2匹うろついている。食べ物を投げてくれる誰かを探しているようだ。オオカミのようなその姿を見ていると、シベリアの地に来たことを実感した。

駅のすぐ横を流れているのがアンガラ川だった。(本章扉写真)

バイカル湖から流出しているこの川は、時折氷のかけらを浮かべているが、水は凍ることなくゆうゆうと流れていた。

イルクーツク駅から街の中心部へ向かうにはアンガラ大橋を渡る。かつてこの地に送られた捕虜たちが重い荷を担ぎ、絶望の思いで渡った橋だという。

ついに父が抑留された地までやってきたのだ。

イルクーツクは「シベリアのパリ」とも呼ばれるという。シベリアとパリ。その組み合わせには少々無理を感じるものの、いいたいことがわからぬわけでもない。

石畳の通りには小さな実を付けるリンゴやポプラの街路樹が立ち並び、角ばった車体の路面電車やトロリーバスが走る。石やレンガを積み上げたカラフルな色彩の家、彫刻やバルコニーのある建物も並んでいて、確かにヨーロッパ調ではある。そんな家々に交じるのは、松の板張りを組み合わせた小さな家や、丸太を積み上げた堅牢なログハウス。木造の家の窓には扉状の板が丁番で付けられている。これは「スタブニ」と呼ばれるそうで、日没になると寒さを避けるために閉じられる。

北緯52度に位置するイルクーツクはロシアでも屈指の寒さだ。

北緯52度線というものは、もちろん日本国内には存在しない。同位置でいえば、樺太の最北端ぐらいになろうか。北緯35度の東京をスタートし、ソウルの38度線、ハルビンの45度線と北上を続け、ついに52度線まで上がってきたことになる。

日本が冬になるとガンやカモといった「渡り鳥」が暖かさを求めて飛来する。日本人からすると、なぜ寒い冬にわざわざ来るのかという違和感があるが、それらの鳥は夏のシベリアで繁殖する鳥で、厳寒のシベリアから脱出しているのだ。この北緯の並びを見ると改めて納得できる。

ちなみにこの日のイルクーツクは、早朝はマイナス19度。夕方でマイナス10度ぐらいだから、かなり温かい日なのであろう。

遠く離れた日本とイルクーツクだが、意外に深い歴史がある。

18世紀後半にはイルクーツクに日本人が住んでいた記録が残されているのだ。大黒屋光太夫という人物である。

光太夫は伊勢の回船の船頭だったが、1782年に嵐に遭遇して漂流。長い時間をかけてアリューシャン列島に漂着した。聞いたこともない異国だったが、光太夫は現地の人から言葉を習ったという。その後、船を直してオホーツクへ。陸路でヤクーツクを経由してイルクーツクまで辿り着いたのである。1791年に光太夫は、当時の首都ペテルブルクで女帝エカチェリナ二世に謁見、日本への帰国の希望を訴えて許される。

翌92年、光太夫は遣日使節であるロシア軍人アダム・ラクスマンに伴われて根室へと帰国することができた。ラクスマンは徳川幕府に対して通商交渉を行うが、幕府は長崎港へ向かうように伝えるにとどまった。光太夫は幕府から詳しく取り調べを受ける。鎖国中の日本にとって大国ロシアの情報は驚きであり脅威だった。幕府は樺太や千島列島の防衛意識を強めていく。その後の明治政府はロシアを仮想敵と考え、南下の脅威を煽って日露戦争への道を辿っていったのである。

しかし、日露戦争後に両国は関係を修復する。「日露協約」を結び国交は回復していった。ところがそこで想定外のことが起こったのだ。

第二次ロシア革命であった。

１９１７年（大正６）、３００年続いたロマノフ王朝は崩壊。ニコライ二世は退位に追い込まれる。大津事件で命拾いしたニコライ二世だったが内戦の最中、一家全員で銃殺刑となった。

この時、レーニン指導のソビエト社会主義国家誕生に干渉したのが日・英・米・仏などの資本主義国だった。「革命軍に囚われたチェコ軍団を救出する」などの名目のもと、各国はシベリアに兵を送り込んだ。日本では「シベリア出兵」と呼んでいる。

日本軍は、当時の全兵力の半分近い7万３０００人もの兵士を投入。ハバロフスク、ウラジオストクから部隊を送り込み、さらに満州からも派兵した。満州里、チタへと進軍し、バイカル湖から東を制圧。１９２０年1月には、ついにイルクーツクにまでに日本兵が到達するのである。

イルクーツクに住むロシア人にシベリア出兵に対するイメージを聞いてみた。

「国内戦争（革命）の際に外国の軍隊がシベリアを侵略したのです。ロシアの政権が極東とシベリアの制御ができなくなってきた時に、日本軍が極東やシベリアを制圧するつもりだった。そんなイメージです」と言った。

現在はカラフルな高層マンションが立ち並んでいるイルクーツク駅近くの高台には、かつて日本軍が砲兵隊を駐留させ、町を見下ろす位置に大砲を並べたという。

当然ながらシベリア出兵時も道路事情は悪い。そこで進軍や補給の肝を担ったのがシベリア鉄道であった。両軍ともに、戦争に必須のシベリア鉄道を奪い合い、結果、鉄道沿いの街が戦場となった。

恐ろしい写真が残されている。

大型の蒸気機関車の前に日本兵が7人並んだ記念写真だ。足下には敵兵の遺体が何体も転がり、日本兵たちは銃剣を構えて胸を張っている。あるいはアムール川の長大なトラス橋が爆破されて川へ落下している写真。線路が破壊されて転がる蒸気機関車……。

この戦争で、鉄道聯隊は装甲列車による初の鉄道戦闘も行っている。まるで戦車のような大砲列車を使って鉄路を進撃し、制圧したのであった。

シベリア鉄道は日本にとって脅威。北海道の小樽は危険になる……、板垣退助はシベリア鉄道建設時に国民にそう訴えたものだが、現実はまったく逆だった。日本軍がシベリア鉄道を使ってイルクーツクまでまさかの進軍。これが歴史事実である。

戦争である以上、一般住民の犠牲も必ず出る。

例えば「イワノフカ村事件」。１９１９年3月22日、日本軍はアムール州のイワノフカで掃討作戦を実施、武装勢力派の村を焼き討ちし、数百名の村民を巻き込んで殺害したという。

逆に20年には、ロシア極東部の尼港《にこう》という都市をパルチザン部隊が占拠し、人口の半分に当たる6000人をも虐殺するという「尼港事件」も起きた。この時700人以上の日本人が犠牲になった。

20年、英・米・仏などの軍隊は撤退するが、日本軍は駐留を続けた。結局22年まで日本軍だけが居座ったのは、あわよくば満州と同じようにシベリアの権益を手にしたかったからともいわれている。

日本はこの時、満州、朝鮮半島、樺太南部の実権をすでに手にしていた。これでウラジオストクからニコライエフスク（尼港）へ続くオホーツク沿岸部を手中に収めることができれば、領土が日本海をぐるりと一周囲んだ形で結ばれることになる。（46頁の地図参照）

シベリアは石炭や木材などの資源も豊富だ。軍部の狙いはこのあたりだったのではなかろうか。ロシアの南下政策どころか、現実は日本の西進作戦だった。

しかし、結局のところ、シベリア出兵は何も得るものはなく終わった。

そのためか、日本においてシベリア出兵のことはあまり語られることはない。日本軍は厳冬のシベリアでパルチザンとのゲリラ戦に苦戦し、全滅する部隊も続出したのだが、それらの事実は国内では伏せられていた。

あるシベリア抑留者の手記を読んだ。45年、満州で捕虜となりチタ第7分所に送られた人が書いたものだ。その日本人もまたシベリア出兵の真相を知らなかったという。

我々のラーゲルの隣に御影石の大きな石碑があった。石碑には広島五師団司令部跡と刻まれていて、その周囲に墓石が三つ建っていた。これは、大正七年、日本軍が極東におけるロシア革命に対する干渉戦争であったシベリア出兵の際の跡であった。私達が抑留された二十五、六年前、一九一九年、日本軍の大部隊が、シベリア各地で生まれた革命政権を倒そうとして革命軍やパルチザンを相手に五年間も戦争したのである。しかし、学校ではシベリア出兵のことについてはどんな戦争だったのか教えなかったし、一般の書物にもあまり載らなかったから、その内容、本質は不明であったが、チタの街に来てこの大きな石碑を見て、五年間も長期にわたり戦ったシベリア出兵は日本軍の敗戦に終わったことをロシア人より聞いた。日本軍はイルクーツクまで進駐したが、革命軍やパルチザンにより敗走した。

今井敬一「少年志願兵のシベリア体験」

シベリア出兵での日本軍戦死者は3000～4000人とされており、凍傷などでの死傷者は1万人にも達したという。

日本軍とソ連軍の戦いは、他に「ノモンハン事件」も挙げられる。

１９３９年（昭和14）、モンゴルと満州の国境で起きた戦いだ。満州西北部のハイラル付近で国境線を巡り、関東軍とソ連・モンゴル軍が4ヶ月も続く大規模な戦闘を行ったのだが、これを日本では「事件」と呼んだ。関東軍はソ連機甲部隊の攻撃を受け壊滅的な敗北を喫す。ソ連の高性能戦車を前に、日本の戦車は全く歯が立たなかったという。関東軍の戦死傷者は1万８０００人と記録されている。

いずれも「出兵」「事件」などと時の日本政府は発表しているのだが、ロシアではシベリア出兵を「シベリア戦争」「シベリアへの日本軍の武力干渉」などと呼んでいる。つまり日本軍と、ロシア・ソ連軍との戦争は「日露戦争」「シベリア出兵」「ノモンハン事件」「第二次世界大戦終盤のソ連参戦」の4回といえるだろう（実際は他にも小さな紛争はある）。そのうちシベリア出兵やノモンハン事件は日本軍の敗北に終わったのだが、その結果はうやむやにした。

ひたすら喧伝《けんでん》されたのは、日清、日露戦争における日本軍の勝利だ。日本軍の不敗神話はこうして創作され、その夢物語の延長線上で日中戦争、太平洋戦争を巻き起こして奈落へと転がり落ちていく。

真珠湾攻撃には勝利するものの、開戦半年後のミッドウェー海戦で4隻の空母を失って大敗。しかしそれを捻じ曲げて国民には大勝と発表。以後、嘘で塗り固められた大本営発表と報道がまかり通っていくことになる。

45年の夏。ソ連が国境を越えた時、関東軍の幹部が戦うことなく後方へ逃げると決めていたのは、シベリア出兵の敗北と、ノモンハンでの惨敗が無関係ではないだろう。

イルクーツク最初の晩は、地元ドライバーお勧めのレストランに行くことにした。降ろされたのは『КОЧЕВНИК』（カチェーブニク）と書かれた小さな建物だった。席があるだろうかと心配したが、そこは地下への入り口に過ぎず、階段を降りていくと、驚くほど広いスペースが広がっていた。寒さ対策として地下の店は多いらしい。

愛想の良い男性ウエイターが我々を見て写真付きの英語メニューを差し出した。モンゴルレストランらしいのだが、メニューにはボルシチもあった。青木センセイが写真を見つつ怪しげなロシア語を駆使してオーダーしてくれる。

ボルシチやラム肉の焼いたもの。壺に入ったペリメニはロシア風の小さな餃子だ。ロシアの家庭ではこのペリメニを大量に作って、冬場は窓辺で凍らせて保存しているという。そしてここでついにオームリの酢漬けが出された。オードブルのように小さなパンの上に載せられた切り身で、しめ鯖のように見えた。覚悟して口に入れたが、想像より遥かにうまい。思えばソウルの市場以来の生魚である。味覚というより食感が勝っただけかもしれない。

「私はね、やはりこれを飲みますよ。ロシアといえばこれですよ、ウオッカ」

そう言って小さなグラスをグイグイと傾けるセンセイは、次第に呂律が怪しくなっている。ウオッカのアルコール度数は平均で40度である。中には96度なんてものもあり、火を近づけたら間違いなく発火する。ロシアでは車の燃料も人間の燃料もウオッカだと聞いたことがあった。

「み、水が凍るシベリアですからね。水代わりにこれを飲むんですよ。へへへ。もう仕方ないのです、おほほほ」とセンセイは酔眼で正当化するのだが、私はウイスキーで十分である。


中心部から少し離れた場所に建つ小さなホテルに落ち着いた。

分厚いマットレスのベッドは豪華だが、ちょっと経験したことがない高さで、もしも落ちたらタダでは済むまい。カーテンの外側は二重窓とスチームヒーターが外気を遮断している。おかげで毛布一枚で眠れる。

そういえば青木センセイからモスクワにはバスタブの栓がないと脅されていた。私はゴルフボールを持っていないのだ。ここは大丈夫だろうか？　バスルームを覗いてみれば、タイル張りの綺麗なスペースが広がっていた。そしてそもそもシャワーのみで、バスタブそのものがなかった。

ホテルの部屋には贅沢なぬくもりと静寂さが広がっていた。

街全体も静かなのだろう。東京にはない静けさだ、いや、かつては東京だって違ったのだ。ベッドに横になって実家の夜を思い出した。

家族4人で居間にふとんを敷いて並んで寝ていた頃。あれは昭和30年代か。厳しく冷え込んだ夜は、なぜか遠くの音がよく聞こえた。犬の遠吠え、ラーメン屋台のチャルメラの音、「火の用心〜」という掛け声と拍子木の音。遠いはずの国鉄の駅の蒸気機関車の汽笛や、発車していくシュシュッというブラスト音までが聞こえた。あの頃の東京はそれほどに静かだった。

ベッドの上で寝返りを打った。

なぜ父はイルクーツクまで連れてこられたのだろう。

ソ連は満州で捕虜にした日本兵を遠路はるばる自国領土まで運んだのだ。抑留された日本人は約57万人以上。とんでもない人数である。うち一割の5万5000人以上が帰国を果たせずに死亡した。

青木センセイのロシア語の先生も抑留経験者だったと言っていた。

「私の大学の教授ですよ。彼は東亜同文書院の学生だったので、不幸にしてロシア語が喋れたわけ。そうしたら11年間も抑留ですよ。芸は身を助けるどころか滅ぼすんです。ロシアの将校の長靴を磨かされたこともあると、苦々しく話していました。そのせいか生涯独身でした」

人生の良き時代を奪われたのだ。

ソ連が労働力確保ために捕虜を使ったことは間違いない。独ソ戦には勝ったもののソ連軍の戦死者はなんと2460万人というのだ。多数の労働力を失った代わりとばかりに、ソ連は多数のドイツ人を捕虜にして強制労働に就かせた。捕虜によって国の復興を果たす。考えの根っこはそういうことだったようだ。

だが、敗戦にあたって日本と連合国が結んだポツダム宣言の9項では、戦犯を除く日本人捕虜の帰国が定められていた。

武装解除後に平和な生活を営む機会と帰還を許されるものとする

45年7月から行われたポツダム会談。そこにはソ連のヨシフ・スターリン共産党書記長も参加していたのだから、当然これは守られるべきであった。にもかかわらず、ソ連は捕虜の抑留に走った。

そもそもソ連が「対日参戦」した裏にはアメリカ、イギリスとの間に結ばれた秘密協定があったからといわれている。

45年2月にアメリカのフランクリン・ルーズベルト大統領、イギリスのウィンストン・チャーチル首相、そしてスターリンの三者で行われたヤルタ会談において秘密協定が交わされた。ルーズベルトはソ連を対日戦に巻き込み、さっさと決着を付けたかったようだ。ちなみにこの時のアメリカはまだ原爆を完成させていない。

太平洋を制圧した米国、連合軍が基地として使える中国大陸、そして背後のソ連が参戦すれば日本を完全に包囲できる。極東密約ともいわれるこの協定では、戦後の日本の領土処理についても話し合いが行われていた。それはソ連を参戦させるための条件であり、いってみれば「餌」だった。

見返りとしてソ連が求めたのは、満州・旅順の租借権の回復、南樺太の返還、クリル諸島（千島列島）の引き渡し、そして満鉄・東清鉄道の返還であった。つまり乱暴にまとめてしまえば「日露戦争前の地図に戻せ」という要求だった。

この時、独ソ戦を続けていたスターリンは「ドイツ降伏の後2～3ヶ月後に参戦する」と回答したという。

その頃、日本政府は何をしていたのか。

なんと米英に対しての和平仲介を、こともあろうにソ連に依頼していたのである。まさかヤルタ会談で対日本戦にソ連が参戦すると回答したとは夢にも思わずである。

真珠湾攻撃から始まった太平洋戦争だが、すでに日本の制海権は奪われ、本土は空襲を受け、連合軍は沖縄にまで攻め込んでこようとしていた。ソ連になんとか仲介に入ってもらって、米英と有利な条件で講和したいと考えていたのである。だが、期待していたソ連政府から戻ってきた回答は、仲介どころかソ連自身の参戦「宣戦布告」であった。

日露戦争前の領土に戻せという、スターリンの要求は実際にそうなった。日清、日露戦争、満州事変で、多くの兵士の命と引き換えに日本が落手したものが全て振り出しに戻ったのである。

ソ連軍が、8月15日の玉音放送の後にも構わず満州や南樺太、千島列島へ侵攻し続けたのは、一つにはこの秘密協定があったからだ。スターリンからすれば約束どおり全部いただくということだろう。また、前述したように「降伏」というものの認識の違いもあった。玉音放送はあくまで日本国内での敗戦の確認であり、ソ連としては正式な降伏文書調印までは「停戦」ではないという主張だ。

結局、ソ連軍は、日本の固有の領土であった北方四島まで攻め込んだ。土地面積上は戦前回帰以上に満たされたはずだった。そのうえスターリンは8月23日になって、日本人捕虜50万人をソ連領土内へ移送して強制労働に就かせよという命令を下したのである。

なぜポツダム宣言を無視したのか。ヤルタ会談の秘密協定にもなかった話だ。その正確な理由は今もって明らかになっていない。関東軍の幹部が停戦交渉の裏側でソ連と密約を結び、捕虜の労働を許したのではないかという説もあるが、それもまた証明はされていない。

もう一つ浮上したのは「北海道代償説」である。

終戦翌日の8月16日。スターリンはハリー・S・トルーマン大統領に対して、北海道の半分をソ連が占領することの承認を求める信書を送ったとされている。北海道の釧路と留萌を結んだ直線で北海道を分割し、北側半分を自国のものにしようと企んだのだ。

その根拠があの「シベリア出兵」であった。スターリンは信書の中でこう説明していた。

提案は、ロシアの世論にとって特別の意義を持っています。周知のとおり、1918

年―1922年に、日本軍は、全ソビエト極東をその軍隊の占領下に置いていました。もしロシア軍が日本本土のいずれかの部分に占領地域を持たないならば、ロシアの世論は大いに憤慨することでしょう

スターリンは、シベリア出兵でソ連は日本に占領された。このままではその償いがない。戦前の地図に戻すだけでは、国民は納得しないといっているのである。

そもそも連合軍がシベリアに出兵した本当の目的は革命に対する内政干渉だった。要はスターリンのソ連成立の邪魔をしたことになる。その中で日本はさらに長く居座って、あわよくば権益を狙った。そのツケがソ連から廻ってきたということか。

しかし、トルーマンはスターリンが出してきたこの北海道の分割要求を拒否した。これにブチ切れたスターリンが捕虜の強制労働を命じたのではないか。つまり北海道が得られなかった代償に捕虜を取ったというのが「北海道代償説」である。

これに至る理由の一つに、ルーズベルトの死が関係しているとも考えられる。ヤルタ会談の後、4月12日にルーズベルトが急死してしまったのだ。太平洋戦争終結とその処理の指揮はトルーマンへと引き継がれた。それまでルーズベルトとスターリンは対話が成立する関係性にあったというが、それがリセットされてしまったのだ。

トルーマンが北海道分割要求を拒否したのは8月18日。

スターリンが日本人捕虜強制労働命令を下したのは23日である。この命令書は大掛かり

かつ緻密にできていた。僅か数日で作り上げられるようなものではないという。ならばスターリンは事前にいくつかのプランを用意して、アメリカとの交渉を有利に持ち込もうとしていたのではないだろうか。

スターリン亡き今、その真意は不明だが、現実に捕虜の大半はシベリアへと送られたのだ。結果から見てもシベリア出兵の報復意識が強かったのだと思えてならない。

ところで、「満州へのソ連軍侵攻」の悲劇は、日本では無数に語られてきたわけだが、「日本人引き揚げ後のソ連軍」という話になると触れているものは少ない。

戦前、戦中とあれほどロシアの南下政策の脅威を煽った日本の指導者たちも、敗戦となると突然、脅威に対して興味を失うのか。

満州を占拠したソ連軍は、日本人捕虜や関連物資の略奪を終えると、翌46年3月に中国東北部からの撤退を開始、5月25日までに東北部全域からの撤退を完了する。日露両国が拘り続けたあの旅順港だけは１９５０年まで使用。その後の一時期、中国海軍基地と共用したこともあるが、55年には中国に返還した。

また、朝鮮半島は二分されたものの、ソ連はそこからも撤退する。植民地時代とは背景が異なるとはいえ、結局のところソ連は日本に対して「北方四島」以外の固有の領土を奪うことはなかった。ロシア南下の脅威や、日本の植民地化の恐怖を煽って、大陸へ突き進んでいった旧軍の指導者たちはこの現実をどう見るのだろうか。

8章 黒パンの味

0
1 kg
900 g
100 g
American
Scale
800 g
200 g
700 g
CAPACITY 1 kg
300 g
DULTON CO., LTD.
NOT LEGAL FOR USE IN TRADE
600 g
400 g
500 g

ボロボロの着たきりスズメの行列が厳冬の森を進んでいた。

イルクーツクに到着した父たちの作業大隊は30キロを行軍させられたという。長期間貨車に閉じ込められていたうえ、栄養も不足していた兵隊たちにとって過酷な移動だった。歩けずに雪の中に倒れる者も出る。そのままでは即凍死してしまう。恐怖の中で必死に歩き続けるしかなかった。

疲労困憊《こんぱい》の果てにようやく辿り着いたのは、森の中に凍りつくテントが並ぶ場所だった。捕虜収容所などと呼べるような建物も暖房もない。どうやらいきなり作業所に連れていかれたらしい。

「4人が入ると一杯のテントの中には、缶の油に浸した白樺の皮がチロチロと燃えていた。いや、暖房じゃない。物悲しい照明だ。その油煙で朝には顔が真っ黒になっていたな」

テントの中に置かれた簡易ベッドに一枚の毛布。それが寝床だった。そこでしばらくの間、近辺の森林伐採の仕事を強いられたという。

父は相当に運が悪いケースのようだった。

他の人の記録によれば、暖房が設備されているラーゲリ（ソ連の収容所）に収容された人が多いからだ。南京虫が出る収容所は「南京ラーゲリ」などと呼ばれて環境は劣悪だったというが、それでも虫が越冬できるほどには温かかったということだ。

行軍前に現金や衣服、所持品の全てを預けたトラックはそのままどこかへ姿を消した。ソ連兵が捕虜の持ち物を奪うのは日常茶飯事だった。この時すでに父の四谷大京町の生家は空襲で焼けていたから、着ていた衣服以外の全財産を失ったことになる。

父が本棚に残した本『シベリアの悪夢』（国書刊行会）。その91ページには父の文字でこう書き込まれていた。「体験この頁通り」。そこに記されていた作業所の様子が自分の経験とそっくりということのようだ。

山間の積雪を踏み分けふみわけ、ようやく辿り着いた所は、伐採されて山肌がむき出しの南向き斜面に、八人用天幕が四〇個余り四列横隊に張られた幕営地であった。外周は例によって鉄条網で囲まれ、四隅には高い白樺の丸太で組まれた監視用の望楼があり、出入口は西側に一カ所門があるだけである。ソ連兵が退屈そうな顔をして立哨し、鉄条網から五〇メートルほど離れた所には二棟の山小屋があり、一棟にはソ連軍警備兵が、また別の一棟はソ連軍の将校用に使われていた。炊事場は幕舎群よりはるか下の谷間にあったが、これは凍結した谷川の氷の下を流れる水を汲むのに便利なためだ。が、名ばかりのスープや薄い蒸麦粥の「飯上げ」のたびごとに、すべりやすい長い坂道を降りたりまた登るということは、衰弱した体には非常に大きな苦痛であった。

幕舎内は、入口近くに長方形で組立式の鉄板製ストーブが置かれ、床は白樺の丸太を並べてこれに毛布一枚を敷き、大体一つの天幕に一〇名ずつ収容されていた。外気はマイナス四〇度くらいあるようだが、燃料が豊富だから幕舎内は非常に暖かい。けれども、灯油代りに白樺の樹皮や松根を焚くから、誰の顔も真黒く、夜など近寄って見なければ誰だか識別できないほどである。幕舎を出て見れば、四方いずれも白凱々たる山また山、小鳥一羽見ることのないシベリアの冬山である。朝起きて表の雪で洗面し、粥をすすって伐採に出かけ、ノルマに追われる就労で疲れた体を幕舎に運び、寝ることだけが休養の毎日である我々は、誰彼の別なく日ごとにやつれゆく自分自身をはっきりと自覚することができた。

秋山　茂「わたしの抑留体験記」

この人が体験した場所の天幕は8人用でストーブもあったというから、父の環境よりはまだマシだったのだろう。

父から聞いた強制労働の話。

「直径1メートルを超える赤松の伐採をやらされた。暖かい時期には松ヤニが出てのこぎりが挽《ひ》けなくなる。だからヤニが凍る冬に伐採をさせるんだよ。切り出してそれを引き出して貨車に積んだり。重労働だけど与えられる食料は粗末だった。じゃがいものスープと堅くて小さい黒パン。毎日、空きっ腹を抱えていた」

寒さと栄養失調で死亡者が続く。

遺体は森に埋めるしかないが、冬場は凍結して穴が掘れない。凍りついた死体を地面に並べれば、それを雪が覆っていった。

父のメモを見ると、様々な労働に関わったことがわかる。

森林の伐採、同原木の貨車積卸し、原木整理、道路作り、苔取り（ノルマあり）、建築（今のログハウスに似ている）家、倉庫など。鉄道の路盤建設、枕木運び、秋はじゃが芋の収穫、便所の汚物掃除、水汲　川から、等、雑役多し

サラリーマンから徴兵された父にとって、どれだけきつく過酷だっただろう。

「今日はマイナス15度ぐらいでかなり温かいです。12月にはマイナス42度まで下がったんですよ。35度を下回ると学校は休みになります。毎冬一週間ぐらいはそんな日が続くのです」

そんな話をニコニコと笑顔で話してくれるガイドのコソドイ・オリガさんは31歳の小柄

な女性だ。澄んだブルーの瞳に高い鼻梁。イルクーツク大学の日本語学科を卒業して、この地でガイドをしているという。我々のように、真冬に訪れる物好きは少ないが、夏になれば多くの日本人がバイカル湖観光を目当てにやってくるという。

それにしてもオリガさんは日本語が上手だ。聞いてみれば日本に留学経験があり、金沢市や宇都宮市で生活したそうだ。居酒屋の「さくら水産」で「いらっしゃいませー」とアルバイトもしていたという。

「金沢でホームステイした時は、とても寒かったです。部屋の足元に小さな暖房があるだけで、夜はイルクーツクより寒かったです」オリガさんは大真面目な顔でそう言った。まるでギャグのようだが、この手の話はたまに聞く。北海道から東京に来た人は関東の家の寒さに驚くし、逆に我々が寒冷地のホテルに厚手のパジャマを持ち込み暑すぎて眠れなかったりする。暖房の概念は我々と全く違うのだ。

オリガさんが住むマンションではセントラルヒーティングが利いていて、寒い日でも水道管が凍結することなども皆無だという。

彼女が金沢に留学した理由はイルクーツクの姉妹都市だからだ。この街には「金沢通り」と名付けられたストリートもあった。もっとも他に「レーニン通り」「カール・マルクス通り」もあるのだが。

今回、彼女が手配してくれた車は黒い大きなワゴンタイプだった。

ボンネットの前には大きな「マスク」をかけている。ラジエーターにあまりに冷たい風があたってエンジンが冷えすぎると、オーバーヒートの逆、オーバークール状態になってしまうからだ。そこでレザーで作られた巨大なマスクを貼り付けている。すれ違う乗用車やトラックにも同様のものを見かけたし、シベリア鉄道のディーゼル機関車にもでかいカバーが付けられていた。

シベリアでは零下50度を下回るような極寒地域もあり、そのような場所では車のエンジンが始動しなくなるという。そのため冬になったら車をガレージに入れて春まで乗らないか、あるいは冬の間、絶対にエンジンを切らないで春まで回し続けるという。

オリガさんに市内中心部を案内してもらった。

アンガラ川の畔に整備された公園の広場に、高い台座に載った像が立っている。シベリア鉄道の建設を決定したアレクサンドル三世の像だ。シベリアの中心ともいわれるイルクーツクにとっては街を発展させた英雄なのであろう。オリガさんによれば、この土地の最大の産業は「シベリア鉄道」なのだという。鉄道が経済の中心になっていて、鉄道に関連する仕事も多いということだ。日本でも鉄道主要駅の街で同じような話を聞いたことがある。往年の国鉄マンは公社職員であり、赤字に転落する以前は地方都市において安定した職業だった。

１９９１年のソ連崩壊後、それまでの「ソ連鉄道」は民営化され、「エルジェデ」（ロシア鉄道）と名を変えた。そのシベリア鉄道は人気のある就職先で、定年になるまで勤める人が多いらしい。イルクーツクには鉄道大学まであるという。無愛想ながらよく働く女性車掌の姿や、駅で凍りついたレールにバーナーを向けて炎で溶かしていた人たちの姿を思い出した。

ロシアも例外ではなく、近年の移動手段は車が中心を占める。ここイルクーツクでも夕方は渋滞が起きるほどに自家用車が多い。とはいえ、都市間を結ぶ郊外道路はといえば、冬季は頼りにならないらしい。積雪のために、道路の補修工事が可能な期間も短い。そのため人や物資を大量輸送するにはまだまだ鉄道が主流だ。確かにここに来るまでにすれ違った貨物列車の多さはそれを物語っていた。モスクワ、イルクーツク、ウラジオストクを結ぶシベリア鉄道の本線はもちろん、我々が乗ってきた旧東清鉄道経由、モンゴルのウランバートル経由の国際列車も到着するこの街は鉄道の要衝だ。山間の露天掘りの炭鉱からは、石炭を満載した長蛇の貨車がたくさん降りてくるのだった。

どこかでシベリア鉄道の「線路」をしっかり見たかった。

雪に埋もれた2本のレールのイメージか。これまでは車内、車窓ばかり撮っていたから、そんな写真を撮影したかったのだ。とはいえ駅や鉄橋付近でカメラなど構えたらまた面倒である。ドライバーさんに頼んで近くの無人駅に連れていってもらった。

雪原でカーヴする輝く軌道。（本書のカバー写真）

跨線橋からそんな写真を撮っていると、ファインダーの中に怪しい男が横切った。そしておかまいなしにこう怒鳴るのであった。

「私もちょっと撮ってもらえませんかね。元プロカメラマンに」

センセイである。

彼が世に送り出した『潔白』という小説がある。その表紙と同じポーズで撮ってほしいと言うのだ。確かにあれは良い写真であった。写真家集団マグナムに所属する著名な写真家パオロ・ペレグリンの「雪が積もった線路を歩く人物」。センセイは自分をあのモデルに重ねようというのだ。まあいい。可能な限り夢を叶えてあげるかと、カメラを構えセンセイに指示を出す。

レールに沿って歩く男、その目線は凜と行く手を睨む。

カシャ。こんなもんだろうか。

ディスプレーにプレビューしてみると、そこに再生されたのは「寅さんシベリアを行く」のイメージであった。

黒マスクをかけたワゴン車で、アンガラ川沿いの凍結した道を行く。

「バイカル湖には336本の川が流れ込んでいますが、流れ出る川はアンガラ川だけです。下流でエニセイ川に合流し北極海に流れ込んでいます」

オリガさんが説明してくれる。そのアンガラ川の途中に長大なダムがあった。イルクーツク水力発電所だという。バイカル湖との標高差を使って水を溜め、水力タービンを廻しているのだ。1956年に完成したこの発電所は東シベリア最大で、アルミニウム工場へ多量の電気を送り出しているのだが、街の人もその恩恵を受けている。

「イルクーツクの街の電気料金は他のロシア都市の四分の一という安さになっているんです。暖房は電気で沸かした湯を使ったセントラルヒーティングで、調理用コンロも電化されてます」

１９５０年に始まったこのダム建設により、シベリア鉄道の線路の一部が水没することになった。そのため新線を建設したという。ボストーク号がスリュジャンカ駅で湖から離れ急峻《きゅうしゅん》な山越えをしたが、あの部分が代替えの新線だった。イルクーツクへとまっすぐに向かう形の路線へと変更したという。

オリガさんがエニセイ川の対岸を指差して言った。

「向こう側に線路が残っているんです。今は一部が観光鉄道にも使われています」

湖岸に残った旧線の一部は「バイカル湖岸鉄道」として観光化され、シーズンには保存された蒸気機関車などが走るのだという。温かい時期にここに来て、湖水に沿って走る鉄道に乗るのも楽しそうだ。

青木センセイがオリガさんにウオッカについて尋ねていた。

「以前、ロシアに来た時にはウオッカばかりでしたが、今もみんな飲んでいるんでしょ？私は好きですよウオッカ」

するとオリガさんは小首を傾しげて、言いづらそうに口を開いた。

「うーん、そうですね……。今ロシアではウオッカはあまり飲まないんです」

怪訝そうな顔をするセンセイに向けてオリガさんは続けた。

「最近はビールとかワインとかを飲みます。今どきウオッカを飲んでいる人はストレスを溜めている人とか、失業者とか、なんというか、あまり状態がよくなくて問題を抱えている人が飲むお酒なのです」

早い話がアル中の酒なのであった。

「やはりこれですな」と恍惚な表情でウオッカを煽っていた青木センセイの姿と、ロシアの現状を重ね合わせて私はぶわっと吹き出してしまった。自ら地雷を踏みにいったセンセイはなんともバツの悪い顔をしている。

ロシアは急速に変わっていたのである。

アルコール依存症が深刻な社会問題になったのだという。それまでのロシアでは成人死亡原因の約半分が飲酒に関係するものだった。そこでソ連時代の1980年代に、「ペレストロイカ」の一環として禁酒運動が始まる。ミハイル・ゴルバチョフは「しらふが正常」を合い言葉にしたのだ。

しかしこの時は規制を行ったことで今度はウオッカの密造が増え、酒税が大幅に減る始末だったという。2008年に連邦アルコール市場規制庁を設立。10年にはウオッカの最低小売価格を2倍にまで引き上げた。値段の高い酒にアル中は弱い。これでやっとウオッカを飲む人が減ってきたということらしい。

こうしてセンセイの「ロシアウオッカ伝説」はもろくも崩壊したのだが、「川魚オームリ攻め予報」も今のところ空振りに近い。残る「黒パン攻撃」はどうなっているのだろう。

捕虜の強制労働にも「給与」が出たという。

といってもそれは現金ではない。労働の対価として規定の食料が配布されるのだ。ソ連の内務省「捕虜給与規定」により一日の給与は決められていた。黒パン350グラム、雑穀450グラム、野菜600グラム、魚150グラム、砂糖20グラム、塩30グラム、せっけん10グラム、たばこ5本、などと定められている。きちんと満額支給されるラーゲリもあれば、実際は配給が揃わずにこれに足りない場所もあった。父の話では堅くて小さい黒パンだったというのだから、実際は350グラムもなかったのではなかろうか。

父のメモにあったように、捕虜の仕事は様々だった。森林伐採、鉱山、塩工場。農場での野菜収穫や道路工事やビル建設。それらの仕事には一日の「ノルマ」があり、達成できないと給与が減らされ、ノルマ以上の量をこなせばボーナスが出たという。

ノルマは、それを管理するノルミローフシチクという計算係によって決められる。100パーセント達成すれば、黒パンは350グラム配給される。80パーセントなら250グラム。それ以下は150グラムになる。もしも110パーセントの仕事を達成すれば、ボーナスが付いて450グラムとなる。とはいえ、ノルミローフシチクは、身体の大きいソ連国民を基準にノルマを算出設定しているから、当時の日本人には無理な相談だったであろう。

私は以前からこの「ノルマ」というものが嫌いだったのだが、今回調べていてその理由がわかった。ノルマとはロシア語で、日本社会にこの言葉を持ち帰ったのは抑留者たちなのである。まずそれを知るべきだ。もしも会社の上司などが部下に「ノルマを課す」と指示しているならば、それは知らずに社会主義を導入した状態になっているということを理解した方がいい。

過酷なラーゲリの生活で、栄養失調などで死亡した捕虜は1945年から46年にかけての最初の冬が一番多かったという。終戦の混乱、シベリアへの押送《おうそう》、慣れぬ寒さなどで命を落とした人が多い。だが捕虜たちの実感では元々満州でも日本軍の食事が粗末すぎたため、捕虜になった時に一気に栄養状態が悪くなって死亡したという訴えもあった。実際、翌年以降からはラーゲリでの死亡者は急速に減っていったという。

それにしても黒パンと出会えなかった。

行けども、行けども、黒パン攻撃になると覚悟を決めてきたシベリアだが、その逆で行けども見当たらないのである。

青木センセイは、あんなものまずくて食えないというが、どれほどにまずいかを確認せねばならない。そして何より350グラムの大きさを見たかった。ロシアの黒パンは固くて身が詰まっているらしいが、果たしてどれほどのサイズなのか想像もつかない。

そもそも黒パンとは何なのか？　調べてみると、小麦ではなく、ライ麦で作られていて酸味が強いという。ロシアやドイツ、オーストリアなどでよく食べられているらしい。しかし、ホテルの朝食のバイキングでも見かけない。白いパンばかりである。

この日、オリガさんが連れていってくれたレストランでのランチ。メニューはビーフストロガノフだった。それにポテトフライを混ぜたサラダ。スープにはペリメニが入っている。どれもがうまい。しかしパンは……、やはり白くて柔らかいものだった。

このレストランに黒パンがないかとオリガさんに聞いてもらったが、置いてないという。センセイの「黒パンと川魚の酢漬け」予報は、幸か不幸か外れまくりである。このまま黒パンに遭遇できずに帰るのか。

酸っぱくて、腐っているような味がするという黒パン。

もはや私はそれが恋しくて仕方なくなっていた。

そこでオリガさんに頼んで市内中心部にあるスーパーに連れていってもらうことにした。

広い店内には、日本同様にぎっしりと品が並んでいた。青木センセイがかつて見たという寂しいスーパーとはまったく違い、見事な品揃えである。センセイの釈明を聞いてみれば、「あー、80年代にソ連に来た時はひどかったんですな。でも2000年にはだいぶ変わっていましたから。うん。感無量。ロシア万歳！」である。そりゃそうだ。日本のスーパーだって80年代と今じゃ全然違うであろう。

「そうそう、忘れてましたが、私は1996年にもロシアに来てました。北京支局時代で、中ロ首脳会談という超ど−でもいいニュースの取材。でねえ、その時のロシアは大カジノブームで某社のモスクワ支局長とカジノに入り浸り、20万くらいすったんですよ、がははは」

やれやれである。

一角にパンのコーナーがあった。日本のパン専門店と同じように棚にずらりと並んでいる。各種調理パンから、フランス風のバゲット、長い食パン、表面に麦粒が付いたもの……、様々な形状のパンが大量に販売されていた。茶色系のパンもいくつも並んでいるので、オリガさんに黒パンを教えてもらう。オリガさんの目は棚を順次追い続け……、やがて下の方の目立たぬところに置かれていたパンを指差した。

「これが黒パンです。ありましたね。私はたまに食べるんですけど、そういえば最近はあまり売ってないかもしれませんね……」とつぶやいた。

そのパンは日本で売られている「一斤《きん》」のサイズより小さく見えた。色は黒目の焦げ茶で外側には白い粉がふりかかっている。匂いは放ってはいない。

ようやく出会えた恋しい黒パンを大事に抱いて私は東京に持ち帰った――。

ここから先は帰国後の話となる。

まずパンの大きさを測ってみた。幅と高さは約10センチ。幅は8センチであった。これを計量しながら350グラムに合わせ切ってみることにした。そのサイズ感を見たかったからだ。とりあえずはかりの上皿に載せてみて驚いた。なんとぴったり350グラムだったのである。（本章扉写真）想像以上に大きかった。

ふらつく針先がその位置にピタっと止まったのを見た時、頭の中に同時にいくつかの考えが並んだ。ロシアにとって「350グラム」というのは何か特別な意味がある数字なのだろうか、だからノルミローフシチクはノルマ達成100パーセントを350グラムに定めたのか。そもそも350グラムの黒パンとはこんなに大きかったとは。一日分とはいえ、これに雑穀、野菜、魚などの副食物が計1250グラムも付けば（ちゃんと配給されればだが）、現代人なら十分だろう。いやいや、そんな生ぬるい労働ではない。朝から晩まで巨木を倒して運んだり、石炭を掘り続けるのだ。肉体労働者の食事はまったく違う範疇《はんちゅう》ではないか……。などと、いろいろな考えが駆け巡ったのだった。

調べてみると、日本でパンの大きさを示す値「一斤」は、現在は340グラムなのだという。斤とはかつての尺貫法での「重さ」の単位だ。元々、明治初期に食パンを作り始めた日本が英国の基準を真似て、一斤を450グラムにした。しかし時は流れて、現在は340グラム以上を一斤とすることに業界で決めているという。ロシアもこの流れになったのであろうか。

いずれにしてもイルクーツクでこのパンを手にした時、日本の一斤より小さいと感じたのは、やはり黒パンは身が詰まっているからであった。

で、肝心のその味といえば——、これも予想が裏切られる。覚悟していたほどにはまずくなかったのである。いわれているほどすっぱくもなく、特段匂いもしない。ザバイカリスク駅裏の店で買ってボストーク号で食べたあのボソボソパンより数段マシなのであった。

そして量は……、350グラムのパンなど一人で食べ切れるものではなかった。私は、黒パンを薄切りにして最初はそのままで、途中から焼いて食べた。それでも完食するには一週間かかったのであった。もちろん炭水化物に重きを置いていた時代の食事と、バランスを目指す現在の食事を簡単には比較できない。労働エネルギーの違いも大きいだろうが。

そして、また世界も大きく変わったのだ。

ロシア人だって、すっぱくてまずい黒パンなど今や食べないのであろう。当たり前である。あらゆる文化は交流を重ねて進化した。食文化も例外なくだ。日本だって70年前のパンと現在のパンはまったく違う。ファミレスのイタリアンも、ガード下のスペイン料理店も、おいしくなった。ハワイの寿司屋や、上海の居酒屋も見事な刺身を出す時代なのだ。ロシアの黒パンだけが70年間変わらぬはずがなかった。そんな簡単なことに気づかず、父の体験に近づこうとした私は愚かだ。香ばしい匂いを発する焼けた黒パンを齧《かじ》りながら、ようやくそれに気がついたのだった。

イルクーツクからバイカル湖畔へ向かうことにした。

その道路はアップダウンを繰り返していた。行く手に見える長い上り坂はまるで天空へ続く一本道のようだ。似たような風景は北海道などでも見かけるが、とにかくスケール感が違う。

両側は白樺が乱立する原生林だった。白い樹皮はよく燃えるために捕虜たちが燃料や照明に使った。あるいは太い枝を削っては食事に使うスプーンや箸を作ったそうだ。

車が進むにしたがって、白樺林の中に太めの樹木が混じり始めた。まっすぐに延びる幹はモミの木かと思ったが、よく見れば松のようだ。ただ、父から聞いていた巨木とは違って、その松は白樺とさほど変わらぬ太さに見えた。父は貨車を降りてから30キロも歩かされたというのだから、もっと山深く入らないと太い赤松とは出会えないのだろうか。

捕虜たちが懸命にのこぎりを挽いたというその松に触れたかった。

道は再び上り坂になった。

我々の前を行くトレーラートラックが排気ガスを吹き出し、がくっと速度を落とした。車間距離が詰まってくる。近づけば荷台に積まれているのは伐採された材木だ。不揃いの断面に年輪が見える。追い越し際にじっと目をやれば松だ。これは太い。赤松だろうか？直径が1メートルを越えそうなものが10本ほど。やはり今もどこかで伐採は行われているのだ。そこから搬出されているのに違いない。

どこかで……。ふと、思い直して車を雪の路肩に停めてもらった。

足を踏み出して道路から一歩外れる。そこはかなりの吹き溜まりだった。膝下までの長いスノーブーツを履いているが、それでも役に立たずすっぽりと雪に埋まった。足を引き抜いては潜り、一歩ずつ森の中に入っていった。

薄曇りの陽光は木々に遮られてか細かった。雪を載せた一本の白樺が限界を越えたように弓なりにしなって、先端は粉砂糖のような雪面に没していた。

ついにタイガの中に身を置いた。

そこには外皮が褐色を帯びた「赤松」があった。

見上げれば高さは20メートル以上、いやもっとあるだろうか。

幹に近づくと、それは遠くで見るより遥かに太かった。両手を延ばしてなんとか半分抱きかかえられるかどうか。永久凍土の上に立つ幹は、この季節、樹液もヤニも凍りついているのだろう。捕虜たちはこの巨木を切り倒して運んでいたのだ。祖国から赤紙一枚で招集を受け、上官の命令にただ服従してきた結末がシベリアでの強制労働だった。

樹皮に手を添えて目をつぶり耳をすませた。

何が聞こえるのか。

風の音だけなのか。

カツーン、カツーン……、木に鉈《なた》を打ち込む音を想った。

深い切り込みができたら、鉈を長いノコギリに持ち替える。零下40度にもなれば金属は手を吸い付けるから分厚いミトンだけが頼りだ。

二人の元日本兵は木を挟んだ位置に立つ。鉈の切り込みと逆側の樹皮に両引きノコギリを当て、掛け声とともに押し引きを始める。

ギーコ、ギーコ……、果てしないような時間が過ぎていく。けれど最後に悲鳴を上げるのは松だ。立ち続けることを諦めた巨木は、周辺の木の枝を巻き込んで、へし折りながら倒れていく。やがて凄まじい地響き音が森に木霊して、雪煙を上げて大地が揺れる。

ただ、赤松の根元に私は立ち尽くした。

6月になれば、永久凍土も表面だけは柔らかくなり、ツツジやヤナギランがピンク色の花を付けるという。

シベリアの遅い春。

父はそれをどんな思いで待ったのだろう。

9章 バイカル湖の伝説

バイカル湖畔には小さな市場があった。

木造の屋台のような小箱がずらりと並んでいる。大串に刺した肉を焼いたり、鍋で何かを炒めていたりする店もある。ダウンを着込んで毛皮の帽子を頭に載せた女性たちは、せいろを並べて何かを売っていた。その前を歩くと次々に蓋を開けて見せてくれる。氷点下の中、もうもうと立ち上る湯気。中には、腹を割かれ、開きのようになっている茶色の魚が並んでいた。例のオームリの燻製だ。

土産品は、木彫りのネックレス、バッジ、絵葉書など。中でもアザラシのグッズが多い。陶器や金属でできたアザラシのミニチュアなどもある。内陸のバイカル湖にはなぜかアザラシが生息しているからだ。「バイカルアザラシ」は世界で唯一淡水のみで生きているという。身体は、海にいるアザラシより小型らしい。本物の姿を見てみたかったが、この季節ではどうにもならない。海から何百キロも離れたこの湖になぜアザラシがいるのだろう？　その理由は今もって謎だとか。古代にいったい何があったのか。

土産物の中に古いブリキ缶がぽつりと置いてあった。中を覗いて見れば小さな石がいくつか並んでいる。深緑、赤茶色、暗いブルー。地味な色彩ながらもみな綺麗だった。もちろん宝石などと呼べるような大層なものではない。私は、分厚い手袋を外してその中から一つ選んでつまみ上げた。

白に茶色のマーブル模様。

地図の等高線のようなその曲線に惹かれた。ずっと昔、柏崎海岸で波打ち際の老人にもらったあの瑪瑙。それに似ている柄だったからだ。

日本海とバイカル湖。遥かに離れた場所で似たような石が採れるのか。それもまたアザラシのような謎なのだろうか。

屋台の天井からぶら下がる裸電球の光を受け、手のひらで鈍く輝く石塊。

その小さな石を、自分への土産にすることにした。

氷面には全身を瞬時に冷却するような風が吹き抜けていた。

天空には気弱な太陽が雲に円を滲ませている。

バイカル湖氷上に歩み出た。

最初の数歩は恐る恐る。

足元に、薄く積もっている雪を靴で横に除けるとガラスのような氷が顔を出した。

じっと見つめると分厚い氷面を通して、水底の砂地や横たわる黒い岩が見えた。さすが透明度を誇るバイカル湖だ。このあたりで水深10メートルぐらいはあるのだろうか。一方、氷の厚さは60センチほどらしい。ところどころ「縦」方向に入っているヒビの長さを見れば、その厚さを推し量ることができた。

氷上に転がっていたテニスボール大の氷の塊が靴に触れて遠くまで滑っていった。拾い上げて、手袋で磨いてみれば見事に透けている。ヒビや泡もなく、目線に持ち上げれば向こうの景色が抜けて見えた。バーで削ってくれるオンザロック、丸い氷のようだった。

真っ平らな氷上だが、ところどころに小山のような場所がある。

近づけば、それは割れた厚い氷が何枚も重なって盛り上がっていたのだった。日陰の部分は美しく透けたブルーの断面を見せている。湖面が氷結中に沖合から押され、行き場を失った氷が迫り上がり重なったようだ。得体の知れない大自然の底力。エネルギーの凄まじさに背中がひやりとする。(本章扉写真)

この湖には恐ろしい伝説がある。

湖底に25万人もの人間が眠っているというのだ。伝説といってもそれほど古代の話ではない。1920年、ロシア革命時代の話なのである。

ソ連革命軍のいわゆる「赤軍」に追われ、25万人もの「白軍」や亡命者たちがイルクーツクまで逃げ延びてきたという。バイカル湖を渡ればその地には白軍や連合軍がいるはずだ。つまりシベリア出兵軍のことである。25万の人々は凍結していたバイカル湖上を渡って極東へ逃げ切ろうと歩き出した。ところがその途中で猛烈な寒波が襲いかかったという。横殴りの吹雪に一人、二人と倒れ出し、湖半ばで全員が凍死したというのである。氷上に横たわる大集団の上には雪が降り積もっていった。

やがて春を迎えたバイカル湖は氷が溶けていく。氷上の遺体はそのまま滑り落ちて湖底に沈んでいったという。想像するに恐ろしい光景だ。革命中の出来事でありその人数は今もはっきりしないというのだが。

今日も対岸が見えないバイカル湖。そこはまるで凍結している海のようだ。沖合で、雪を巻き上げながら氷上を強い風が抜けていくのが見えた。

夏場はロシアの代表的な観光地となる湖だが、この季節に人は少ない。それでも氷面に穴を開けて魚を釣る人、歓声をあげて湖上の散策を楽しむ人がいる。真っ赤な色に塗られ大きなエンジン音をたてて氷上を滑走していたのは「ホーバークラフト」だ。観光客を乗せて遥か沖合まで走っていく。やがて湖岸に戻って氷上に停止した。ガラス窓を持つ大型の船体だが、氷は厚く、この程度の重量なら問題ないらしい。

ところがオリガさんから信じがたい話を聞いた。

「この氷の上に線路を敷いてシベリア鉄道の蒸気機関車を走らせたことがあるんです」

ちょっと信じがたい話だった。

浮上するホーバークラフトならともかく、鉄道車両というものはかなり重い。牽引力を求められる蒸気機関車は特に重く、大型なら一両の自重が100トン前後もあるのだ。それを氷上に載せたのか……。それだけではない。「氷が割れて列車が湖に沈んだ」というこれまた伝説のような話があるらしい。イソップ物語の「金の斧、銀の斧」どころではない。100トンもの機関車が沈んできたら女神はいったいどうすればいいのだろう。

なぜ、そんな無理をしたのか。

調べていくと、これもまた日本軍が関係していたのである。

1903年、東清鉄道を経由してモスクワと極東を接続したシベリア鉄道。

だが実は、一部だけは「鉄路」としては未開通だった。その障害がバイカル湖なのである。九州とほぼ同面積、南北の長さが680キロある巨大な湖が路線の行く手に横たわっていたのだ。そのうえ水深は世界一である。橋桁を立てるなど無理な相談だ。そこで湖岸に沿って「バイカル湖迂回線」を着工する。しかし、急峻な崖沿いの路線で工事は難航。いくつものトンネル掘削や大量の架橋が必要となりこの区間だけが開通していなかったのだ。そこでバイカル港の駅とムィソーヴァヤという駅の間、約60キロは船を使って湖上を連絡していたのである。

ロシアは連絡用に2隻の船をイギリスのサー・W・G・アームストロングという造船会社に発注した。だが完成した船をバイカル湖まで運ぶ方法はむろんない。そもそも輸送機関がないから鉄道を必要としたのである。そこで、塗装まで終わって完成した船体をいっ

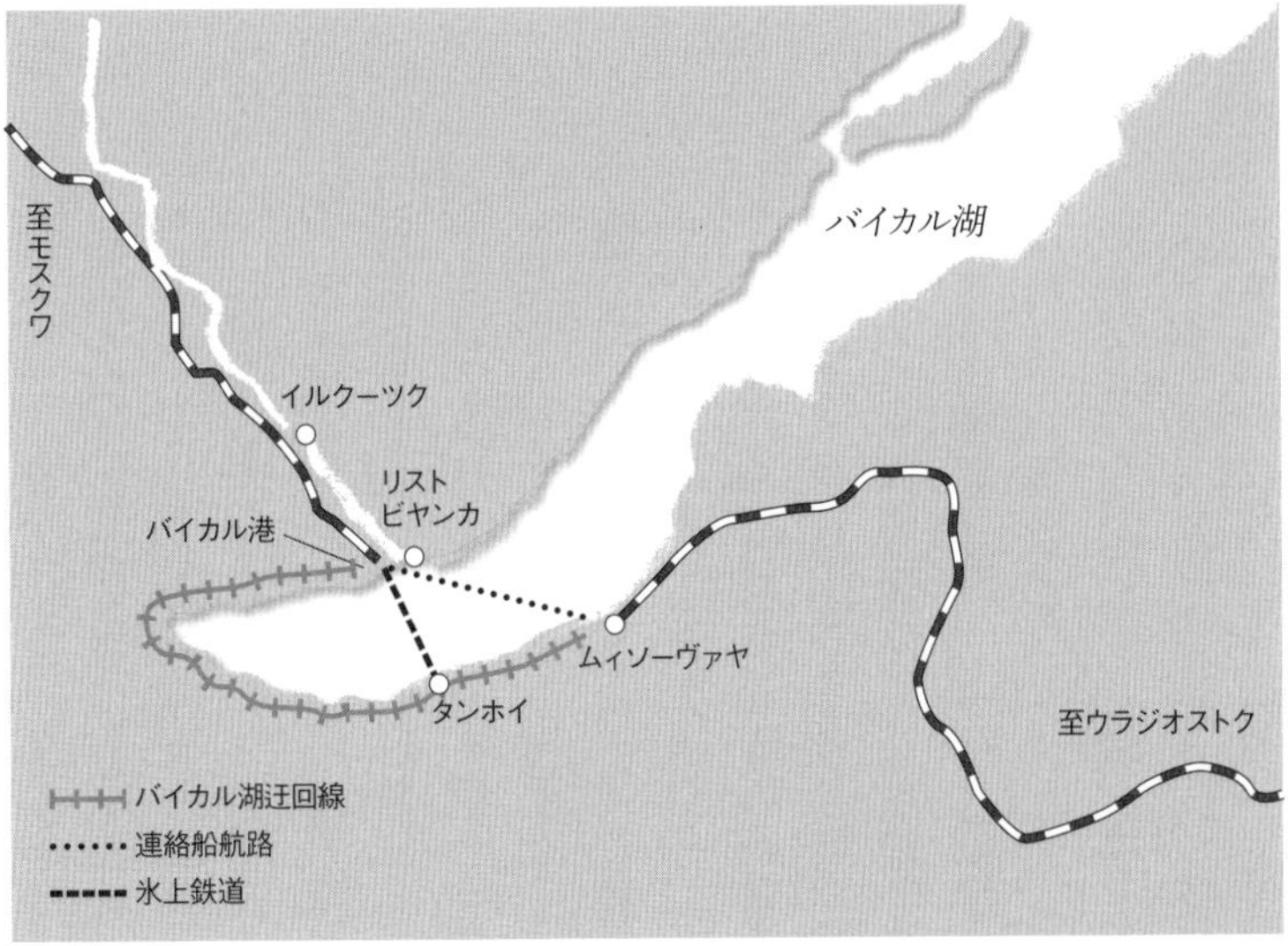

[地図6] バイカル湖迂回線の工事が難航するなか、連絡船が就航する（1904年頃）

たんバラバラに解体。パーツごとにナンバーリングして船と鉄道に乗せてバイカル湖畔まで運び、岸辺に作った造船ドックで組み立て直したという。

こうして「バイカル号」と「アンガラ号」という2隻の船が就航した。

そのうちの一隻アンガラ号は現存していて、命名されたアンガラ川の岸辺に係留されていた。黒と赤に塗り分けた船べりの上に白い船室が乗っている。高い2本の煙突とマストにはロシア国旗がたなびいていた。全長61メートルのアンガラ号は旅客専用に使われていたという。一方、客車や貨車は全長88メートルのバイカル号で湖を越えた。

湖畔の街、リストビャンカにある「バイカル湖博物館」にバイカル号の模型が展示されていた。丸みを帯びた大きな船体からは4本の高い煙突が延びている。船体後部には四角い大きな出入り口が空いていて、内部からレールが覗く。かつて北海道と本州を結んでいた青函連絡船と似ている構造だ。ここから、客車を12両、貨車なら25～28両を積み込んだという。上部デッキは客室になっていて150人の乗客が収容できた。

問題は冬であった。

バイカル号は「砕氷船」だった。冬期は氷を破砕しながら進もうと計画したのだ。わざわざイギリスの造船会社に発注した理由はこれが特殊船だったからである。ところがバイカル湖の氷はあまりに厚く硬かった。氷が薄い初冬のうちはともかく、厳冬期に入ると砕氷船でもビクともしなかったという。やむえず冬期はソリで湖上を連絡し、人や物資を輸送した。ただし船に比べてその輸送量は低下してしまうことになる。

シベリア鉄道のボトルネック。

その状況を遠望していたのが日本軍だったのである――。

バイカル湖迂回線の完成は欧亜の鉄路の締結なのだが、日本軍の目線で見れば、それはモスクワ・旅順港間の「補給線」の完成でもあった。そうなれば悲願の「遼東半島奪還」はより困難になる。シベリア鉄道危険説を唱えてきたタカ派や恐露病に罹患していた国民は黙っていられなかった。ロシアと戦争するならバイカル湖迂回線が完成する前ではないのか。そんな声はやがて数を増していった。

日本もまた日露戦に備えて、鉄道路線工事を開始する。ロシアと同じように軍事補給線を延ばしていたのだ。釜山から朝鮮半島を抜け、戦場となる満州へ至る接続線。38度線の臨津江で見たあの鉄橋の先を清国まで繋ぐ京義線である。

こうして鉄道工事は開戦との闘いになった。

そして、ついに日本が日露戦争への行動を起こしたのは1904年（明治37）2月8日のことだ。バイカル湖は一面凍りつき、頼みの砕氷船バイカル号は使えない時期だったのである。

もちろん戦争が始まる「経緯」はそんなに単純なものではない。すでに触れてきたように臥薪嘗胆、ロシア脅威論が長く叫ばれ、日露交渉や国内政治、偶発的な摩擦など、あらゆる条件が影響し開戦に至ったのだ。しかしロシアにとってこの「時期」の開戦が最悪のタイミングだったことは間違いない。

とにかく補給線は途切れていたのだ。

満州へ増兵されるロシア兵は氷上をソリで移動するか、歩いて対岸へ渡るしかなかった。朝4時にバイカル港を出発した歩兵は、途中、湖上に設けられた休息所や食堂で暖を取って、夜9時まで歩き続けたという。武器、弾薬などの物資はソリで輸送する。

バイカル湖までの鉄道区間にロシアは大量の機関車や貨車を最優先で割り当てた。しかし当時のシベリア鉄道は「単線」だ。大量の列車が行き来することはできない。機関車や貨車をモスクワ方面へと戻す時間を惜しんで、なんと使い捨てにしたという。それにしてもあくまでバイカル湖のモスクワ側の話である。湖から先の極東側には機関車も貨車も増やせない。当然の結果として、バイカル湖周辺には補給物資が堆積していく。苦しむロシアはここですさまじい方法を選択する。

それが「氷上鉄道」だった。

日本軍が動き出した翌日の2月9日、ロシアは「氷上鉄道」の起工式を行ったのだ。凍結したバイカル湖面に枕木を並べ、線路を敷いて列車を走らせようというのである。それもちょいと向こう側まで、などいう短距離ではない。対岸のタンホイまで50キロもあるのだ。昼夜を問わない懸命な工事が続いたという。（229頁の地図参照）

工事の様子を伝える一枚の絵があった。

雪が積もったバイカル湖は単なる雪原のようにも見える。そこにレールが敷かれ、後方には煙を吐いて向かってくる汽車が描かれている。線路が普通の形状と違って見えるのは、レールの下に置かれている枕木のせいだった。異様に長い丸太。レールからはみ出した左右部分が極端に延びていた。氷が受ける列車の重量を少しでも分散させるためにそうしたのだろう。後方では多くの人々が働いていた。10人がかりでレールを肩に乗せている人たち。荷を運ぶ馬やソリも見える。大国・ロシアが力を結集し、必死に線路の接続を試みていた。それも春になって氷が溶けてしまえば使えなくなる仮設線にである。あと数ヶ月経てばバイカル号で機関車を航送できるのだが、それまで待てないのが戦争というものなのだろう。

しかし、絵に描かれたように本当に氷の上を蒸気機関車が走れたのだろうか、そして湖底に沈んだ機関車の伝説……。

　気になって、日本に戻った後にこの件を調べてみることにした。ネットを探ってみると、今から10年ほど前にバイカル湖の湖底に無人潜水艇を下ろして沈んだ列車を探したという記事があった。ただしその列車がいつの時代のものなのかははっきりしない。

　１９０４年（明治37）の新聞縮刷版を図書館で漁ってみることにした。当時の新聞は8ページほどの薄いもので、写真はまだほとんどない。活字がびっしりと並び、小見出しが続いている。１面から5面あたりまで日露戦争報道でびっしりである。日本軍の大活躍はいうまでもないが、名誉の戦死話や、死亡者名も並んでいた。ロシア軍艦の形状と艦名が書かれたイラストや、作戦の詳細まである。「２０３高地陥落」の記事に至っては数ヶ月間にわたって連日紙面を飾っていた。戦勝祝広告も多く、なるほど「征露丸」が登場するわけである。

　日本中が戦争報道に熱狂し、新聞の部数が延びていった様がよくわかる。私はその中からシベリア鉄道建設の記事を探すのだが、当然ながら「検索」などという芸当はできない。ただ、旧かな字体の活字を目で追っていく。ぎっしりと並んだ活字のなんと小さいことよ。昔の人はさぞや目がよかったのだろう。肩は凝るし目はしょぼつくし……、ようやくいくつかの記事を見つけることができた。

氷上鐵道計畫　露國政府は西伯利亞《シベリア》に於ける軍事輸送を容易ならしめんため貝加爾《バイカル》湖《こ》の結氷を利用し直に氷上に鐵道を敷設すべき命令したる由なるが（略）一月上旬より四月の末迄は同湖の氷結時期にして此間氷の厚き所は九呎半《フィートはん》に及ぶとありて此内三ヶ月間は氷上に至る處橇《そり》に乗せられる、（略）汽車となれば其の重量に於いて橇と日を同じうして語るべからざるを以て厚さ九呎半以下の氷にて之を支へ得る、や甚だ疑問なり輕便鐵道位なれば兎に角日本又は歐米の鐵道よりも一層廣きレール幅を有せる露國鐵道を其の上に敷設して非常の重量を有する列車を安全に運転し得る否やも亦《また》疑問なり（略）

東京朝日新聞１９０４年２月10日

バイカル湖の氷の上はソリなら大丈夫としても、ロシアの重い機関車などを運転できるのか、という疑問を記事は投げかけていた。

其後の西電に拠れば該鐵道工事の請負人は二月十八日又は其以前に工事を竣るべきことを約したり。最初成功如何を気遣はれたる概計畫も、愈實行さる、ことなりたうと見ゆ。

東京朝日新聞１９０４年２月20日

続報であった。2月18日までには工事が終わり、成功危ぶまれた計画が実行されると報じていた。更に3月2日にも続報があった。

貝加爾氷上鐵道の工事　　貝加爾氷上は既に鐵軌の敷設を終われ。

東京朝日新聞1904年3月2日

ところがその翌日の3日付け紙面にいきなりこんな記事が出ていた。

氷上鐵道失敗

昨朝巴里より或所に達した電報によれば二月二十八日貝加爾湖上の堅氷破砕し西伯利亜鐵道の機關車並びに車両五個は水中に陥落し将校四名、兵卒二十一名即死者を出したり

東京朝日新聞1904年3月3日

やはり機関車は重過ぎたのであろう。水中に沈没し兵士が死亡したとあった。本当に機関車は水没していたのである。いつの日か、世界一深い湖底から蒸気機関車が発見されたら、それは湖水に生存しているアザラシと同じレベルの謎になるのかもしれない。

3月20日付の記事にはこうあった。

又々湖上の失敗
十五日バイカル湖にて西伯利亜予備兵七百七十名軍夫六十名溺死したり（氷上鐵道の陥落ならん）
東京朝日新聞1904年3月20日

合計800人を超える死者数。さすがにこの人数はどうかとも思うのだが、時系列でいえばあのロシア革命時の「25万人凍死事件」はこの後に起きるのだ。思えば日本でも「八甲田山雪中行軍」で199名が訓練で凍死している。戦争と大自然。その激しさの中に人間が置かれた時、何が起きても不思議ではないのかもしれない。

ハーモン・タッパーが書いた『大いなる海へ』という本にはこんな記述もあった。

湖の底まで落ちていった事件の記録を時間をさかのぼって調べれば、そこにはツァーリへの土民の毛皮の貢物をいっぱいに積んだ十八世紀のカザークの橇、二万ルーブリの金を積んだ十九世紀の帝国駅逓の橇、そして二十世紀の機関車が含まれる。

そして、氷上鉄道の試運転の様子はこう記されていた。

最初の試走車は、この湖の裏切りにあってさんざんな目にあった。ことここに至ってこの鉄道人は、バイカルが時おり暖かい泉を噴出させ、それによって表面の氷を薄くしてしまうという事実を、やっとさとったのである。それからは、やむなく重い機関車は装置をはぎ取って慎重にロープでひっぱることになり、取り外した部分は用心して間隔を広くとった無蓋貨車にのせて運ばれた。

ハーモン・タッパー著 鈴木主税訳『大いなる海へ シベリヤ鉄道建設史』フジ出版社

重い機関車から外せる装置を取り外して軽量化し、不動状態の機関車にロープをかけて、人力や馬で引っ張り、つまり湖上を「回送」したという。外した部品を対岸で組み立てたのだ。

こうしてある程度の数の車両はバイカル湖の氷上を回送し、極東側で軍事輸送に就いたというが、それにしても根本的にバイカル湖分断問題は解消しておらず、解決するにはバイカル湖迂回線の完成しかなかった。迂回線の工事は続けられていたものの、元々の難工事を厳冬期に行うのである。260キロもの崖沿いの難所。岩山を削り、33本のトンネルと248個所の鉄橋を架ける大工事をロシアは凄まじい速度で進めていた。

しかし……。

その頃すでに、日本軍の第二軍は遼東半島に上陸していた。

5月14日に大連近郊の普蘭店《ふらんてん》で東清鉄道南満州支線を爆破して切断。これによりロシアは遼東半島への補給線を絶たれたのである。バイカル湖迂回線が開通したのはそれから3ヶ月後の9月25日のことだった。

こうして日本軍は日露戦争を勝ち抜いた。

領土を拡大し「不戦国」の御旗を掲げたのである。

だが、歴史とは本当に怖いものだ――。

勝ち逃げすることを許してはくれなかったのだ。

40年後、ソ連と名前を変えたロシアはその貸しを取り返しにやってくる。いや、本書においてはこれを「シベリア鉄道の反撃」といってもよいかもしれない。

ヤルタ会談の秘密協定を思い出して欲しい。アメリカのルーズベルト大統領から対日戦参戦を求められたスターリンは、ソ連の権益を求める条件を出したうえで、「ドイツの降伏後2～3ヶ月後に参戦する」と回答したのだ。

重要なのは「2～3ヶ月後」の意味だ。

この間、ソ連はいったい何をしていたのだろうか。

東方でドイツ軍を破ったソ連軍は、その莫大な軍事力を西方へ、満ソ国境へと移動していたのである。

シベリア鉄道を使って――。

臥薪嘗胆。

日露戦争後、バイカル湖迂回線を完全に完成させ、そして自国内だけを通過するアムール線も開通させていた。そのうえ全線の複線化まで果たしていた。

大動脈に変貌したその路線を昼夜問わずフル回転し、延べ13万6000両もの鉄道車両を使ってピストン輸送したのだ。157万人もの兵士。T34型戦車や自走砲など5200両。大砲や実弾などを積載した貨物列車が欧亜の鉄路を走り続けていたのである。

こうして送り込まれた軍事力が、あの日・満ソ国境を乗り越えてきたのだった。

ロシアが南下してくる。

シベリア鉄道は日本にとっての脅威。

そう唱えては自らいくつもの戦争を仕掛けて領土を拡大してきた日本の指導者たち。しかし実際にシベリア鉄道が軍備を運んだ理由は、日本本土に対する侵略ではなかった。

日本が戦争によって手にした土地を奪還するためだったのである。

まさに石橋湛山のいう「最も危険な燃え草」だったということだ。

だが、もっとも許されないことは他にあった。

この時、大量の軍備がシベリア鉄道で輸送され、満ソ国境へ集められている事実を日本軍は把握していたのだ。国境からの偵察と、ソ連領土内に送り込んでいた特使便からの報告で国境で何が起きていたのかほぼ正確に知っていた。にもかかわらず「日ソ中立条約は有効」などと都合のいい解釈を続けたあげく、ソ連に米英に対する和平仲介を依頼し、あるいは根拠もないまま「ソ連の侵攻はまだ先」などと事態を軽く見て放置。

最前線の危険地帯に一般人を放置したあげく最後に切り捨てたのである。

これがどうして許されようか――。

戦前に日本の危機をあれほど煽り、軍備を拡大。邦人保護を理由に大陸へ進出した日本軍。けれど、本当に、本当に、本当に、邦人が危機に置かれた時にはその重大な情報に蓋をして隠した。こうして8月9日、最大の危機を迎えた朝、関東軍総司令部は新京放送局ラジオのマイクにこう吹き込んだ。


今朝、ソ連は卑怯《ひきょう》にも突如として満洲国を攻撃してまいりました。ソ連は日ソ中立条約を一方的に蹂躙《じゅうりん》し、不法にも全国境から侵入を開始しました。しかし、われに関東軍の精鋭百万あり、全軍の志気はきわめて旺盛、目下前線では激戦を展開、ソ連軍を撃退中であります。国民はわが関東軍を信頼して、すべてを軍へ、前線へ……。

半藤一利『ソ連が満洲に侵攻した夏』文春文庫

リストビャンカの街を見下ろす丘の上に小さな教会がある。

墓地へつながる緩やかな石段は最近造られたばかりで新しかった。沿道には赤い花輪が手向けられた墓石が並んでいる。全てが造花であった。オリガさんに尋ねれば、温かい時期は生花だという。つまり命日が冬の人なら、ずっと造花になるということだ。

薄い石板には故人の遺影が焼き付けられている。鼻が尖ったロシア男性、口ひげを蓄えた老人。全て土葬で、冬に人が亡くなると凍土を掘って埋葬するのが大変だという。45段の石段を上り詰めると柱状の墓石が建ち並んでいた。

カタカナで彫られた名前があった。

クサノコウイチ オノダトモジ マツナガノボル サワダマサタケ ナカノハルゾウ タム
ラセイイチ　ヒラオイサム　タナカキヨシ　クワタタモツ　アンドウエイジ　ハヤシ　ジ
ユキチ……

ここリストビャンカの墓地に刻まれている日本人の名前は60名。

望郷の思いを抱きつつも帰国叶わずにこの地に眠る人たち。

それは静かな森の中にある〝外人墓地〟だった。

国家の命により大陸に送り込まれ、国家が降伏すれば捕虜にされ、理由もわからぬまま不毛の地で死ぬまで働かされた男たち。仕方ないさ、そう諦められた人生だったとは思えない。

日本から持ってきた酒を墓石と雪面に撒いた。

帰国叶わなかった兵士たちは5万人をも超える。

日本兵の墓はイルクーツクのいくつかの場所にある。そこには４００余名が埋葬されていた。遺骨の大半は近年ようやく日本に戻されたというが、しかし死者の実数はそれだけではない。日本側の調査によるとイルクーツクには当時81の捕虜収容所があったのだ。それ以外にも作業所で働かされた父のようなグループもあり、計1万8029人が強制労働をさせられ、そのうち1511名が死亡している。

丘から見下ろした小さな家並みの向こうに、バイカル湖の氷面が輝いていた。

父の病室で僅かに聞けたシベリアの話——。

私はその最後の場面を懸命に思い出していた。イルクーツク周辺を転々とし強制労働が続いたという。疲労と空腹、そして絶望で力も出なくなった。もうどうでもいい。そんな風に思うようになったある日のことだった。

松の巨木を貨車から降ろしていた際、ソ連兵に「ベストリ、ベストリー（急げ）」と背中を棒で叩かれ、父は貨車から転落した。その地面には鉄の杭が立っていたという。父は臀部を刺して大怪我を負う。ズボンはみるみる血まみれとなった。叩いたソ連兵は自分の責任が問われることを恐れた。「ダレニモイウナ」と父親に頼むと、すぐに病院へ運んだ。呼ばれた「救急車」は馬車だったという。搬送された病院は、松材にペンキが塗られた綺麗な建物だった。治療を受けてその夜はシベリアに来てから初めて温かく、柔らかいベッドで眠った。

翌朝、ロシア人看護婦が食事を持ってきた。しかし痛みが激しく起きれなかった。するとその女性がスプーンでオートミールを口へ運んで食べさせてくれたという。「温かくて、やわらかくて、こんなにうまいものがこの世にあるのかと思った」

ロシア人女性はこう付け加えた。

「ヤポンスキー、おうちにダモイ。帰れるよ」

28歳だった父はスプーンを口に入れたまま両目からボロボロと涙したという。

ナホトカから日本の引揚船「高砂丸」に乗船。舞鶴港に着いたのは１９４８年6月のことだった。港には連絡を受けた兄が迎えにきたという。

敗戦からすでに3年近くが過ぎ去っていた。

私が子供の頃、風呂で見た父の臀部の傷。

それはシベリアで負ったものだったのだ。そしてもしその怪我がなければ、日本への帰国がいつになったのか、あるいは本当に帰国できたのかもわからない——。

先日、父の部屋を片付けていて一枚の賞状を見つけた。無造作にファイルに挟まれ本棚に差し込んであった。


戦後酷寒の地において長期間にわたって劣悪な環境の下で強制勾留され過酷な強制労働に従事し多大の苦難を強いられたご苦労に対し政府として哀心から慰藉の念を表します

平成二十三年三月　　　内閣総理大臣　菅　直人

それをもらったことすら一度も口にしなかった。父の性格を少々わかったつもりの私が察するには、生死に関わる労苦を一枚の紙っぺらで終わりにされ、たぶん立腹したのだと思う。

「なんだこりゃあ」

きっと、そんな江戸っ子調の声を上げ、本棚に突っ込んだのだろうと。

口数は少なかったが、どこか一本気のところがある人だった。

だまされた

父が書き遺したあの言葉。

たぶんそれは「全て」に向けられていたのだろう。

教え込まれた日本の不敗神話。祖父に握らされた金鵄勲章。臨時招集令状、鉄道聯隊への入隊、中国への派兵、ハルビンの残留、関東軍とソ連の参戦、捕虜。ダモイと言われてシベリアへ、全財産の盗難、3年もの抑留、そして大怪我……。

祖国から贈られた一枚の賞状。

その全てだ。

シベリアを離れる朝、ついに猛烈な寒気がやってきた。

早朝の気温はマイナス30度に近い。

まだ暗く凍りついた街を車で走り抜けイルクーツク空港へと着いた。

入国時の厳しさとは打って変わって出国手続きは何一つトラブルなく終わった。ほとんどの国がそうであろう。航空機保安のためのセキュリティチェックは厳しくても、国を出ていく人間にそれ以上の興味はない。

出発ロビーのショップで買い物をしていた青木センセイが戻ってきた。大事そうに抱えている紙袋からはウオッカのビンが覗いている。アル中だの失業者の酒などといわれようがおかまいなしである。

「いやー、結構な旅でしたな。またどっか行きましょうよ。あっそうそう、帰りは仁川空港乗り継ぎでしたな。なんかパーっとうまいもの食いましょう。寒いから豆腐チゲだな。うん。それ食ったら死んでもいいな〜♪」と、今日もお変わりなくご機嫌である。

外観は凍りついて、室内は完全に冷え切ったシャトルバスに乗った。やがてバスは派手な緑色の機体の前で停まった。空港を吹き抜ける風がなんとも冷たい。ところが飛行機へ上がるタラップ下に屈強の男性係員がいて搭乗人数の制限をしていた。

最後の最後でまさかの立ち往生。

もはや飛行機に乗るだけと安易な気持ちでいた私も、同様の周りの人たちも、コート程度は着ているものの、当地必須の帽子やマフラーなどは預け荷物の中である。一気に頬が強張り、背中や腕を刺すような寒気が襲う。僅か数分間のウエイティングだったが、この場所こそが今回の全行程の中でもっとも激しい経験となった。ようやく入れてもらえた機内は十分に暖房が効いていたが、強張った身体が弛緩するには時間がかかりそうだ。

韓国、中国、そしてロシア。

旅が終わろうとしていた。

唸りをあげたエンジンは私をバックシートに押し付けると、ふわりと機体を浮かせた。急上昇を続けて、機体を右にバンクさせた時、窓からイルクーツクの町並みが見えた。雪を被った小さな家々の屋根や不規則な線を描く道路。アンガラ川の流れも見える。高度が上がるに従って、視界に黒い森が広がっていった。

俯瞰したシベリアは遥か先まで黒いモノトーンの世界であった。

こんな場所だったのか。

多くの日本人たちが、理由もわからぬまま連れてこられ、生命《いのち》を終えた土地。幾多の苦労を乗り越えて生還できた元兵士たち。

全てを知っている黒い森は今日もただ鎮座している。

機体は次第にその傾きを正していった。

父の痕跡——。

直接にそれに触れることはできなかった。年月が過ぎ去り、今や本人すら存在していないのだ。土台無理な話だ。赤い線に導かれ鉄路の果てまで来たけれど、得たものなどなかった。

けれど、そういうことなのだろうか……。

知ったことは多々あった。

私が生まれ育った国と、隣国の関係。仮想敵に怯えその実、侵出していった過去。決して途中で断ち切ることはできない戦争と戦争のつながり。日本で喧伝されていた勝ち戦、隠されてきた負け戦。そして鉄道と戦争……。

知り、気づく。そのきっかけは、父が遺したあのメモと地図だった。

誰に向けて、何のために遺したのか、もはや永久にわからない。けれどその存在に気づかなければ私はシベリアに来ることはなかった。

機内の温もりがようやく身体に染み入ってくる。溜まった疲労が、指先や足先から溶けて流れ出していくようだ。誰かが囁《ささや》いていた。おやすみ……。そんな誘惑を受け止めながら、頭のどこかが何かを思い出そうとしていた。

物語……。あれは小さな頃に買ってもらった「イソップ童話」に入っていた一話か。私は、それを何度も両親に読んでもらったのだ。

あの実家の居間で。

確かそれはこんな話だった。

昔々、あるところに一人のお百姓さんがいました。

お百姓さんは年を取って死ぬ前に、自分の二人の息子たちにこう言い残したのです。

「よく聞きなさい。裏のぶどう畑に宝物が隠してある。私が死んだらよく探すんだ」

父親の死後、子供たちはぶどう畑をクワで丹念に掘り続けました。

けれど、掘っても掘っても、ついに宝物は見つからなかったのです。子供たちはとてもがっかりしました。

ところが、その年の秋によく耕されたブドウ畑からは、すばらしいブドウがたくさん採れたのです。子供たちは父親が言い残した「宝物」の意味を知ったのです。


閉じかけた目をなんとか開いてみると、飛行機の窓からは、もう全ての光景が消え去っていた。

あの黒くて広い森も。

さらば、シベリア。

終章
鉄路の果てに

三両編成の短い電車はステンレス製の車体を揺らせ発車していった。

足下に鈍く輝くレールは、今になればやけにその幅が狭く見える。

歯抜けとなった駅前の商店街を行くと「祝　令和」の文字がいくつも並んでいた。

いつものように細い路地を折れた。

そこから見えるグレーの合成パネルを張った木造二階建ての家……。

しかし、それはもうなかった。

跡形もなく解体された跡地には、白木の杭が打ち込まれて、立ち入り禁止を告げる黄色いロープが張られていた。小石が混じる地面に、キャタピラーの踏み跡が横切っている。

ほんの少し目を離しただけでこうして都市は姿を変えていくのだ。

玄関はこのあたりだったか。急な階段はどこか、現像液に浮かび上がった映像に歓声をあげた暗室は……、その全ては今、完全に消え去った。

生家の消滅。

当たり前と思っていた日常とは、もろい。

昭和、平成と時を刻んできたあの家も、令和の始まりと同時に終焉《しゅうえん》を迎えた。

今はもう茶色と黒の土塊が転がる土地だけが広がる。

ここもまた、かつて戦争で焼かれた場所だった。父の生家・大京町の家も空襲で消えた。じいさんが生まれた神田佐久間町もB29の的になった。忘れかけられた歴史。それは実は我々の足下にいつも広がっている。この国が、いくつもの戦争を仕掛け、そして廻り廻って最後に自国を焦土にしたという現実だ。

さまざまな理由をつけ大陸へ進軍していった日本。勝った戦争を自己賛美し、負けた戦いを封印した結末だ。

戦によって手にした領土は所詮、一瞬のうたかただった。全ては戦前へと戻されたのである。ならば、権力者たちの刹那の満足のために消え去った数多くの命はどうなる。敵とか、味方とか、そう分類されて戦わされ、今も大陸に置き去りにされたままの幾多の魂に対しては、何をどう理由づけできるというのか。

それでも——、
現実は去っても、史実は決して消滅しない。

父は死んだ。じいさんも死んだ。だがその生き様までが消えるわけではないのだ。

薄暗い森林に横たわった老木。

その上にぽとりと落ちた種が発芽する「倒木更新」。若木は、老木の高さの分だけ下草を超え、陽を受けることができるようになり、根からは老木の栄養をもらい受ける。我々はそうやって、誰かのお陰で生かされている。だからこそ歴史を知り、歴史のうえにしっかりとした根を張っていけばいい。

同じ過ちを繰り返さないために。

すべては、やはり「知る」ことから始まるのだと思う。

戦争は、なぜ始まるのか――。

知ろうとしないことは、罪なのだ。

何かを学び、何かを知る旅。

必要であれば、私はいつでもその地へと出かけていくだろう。

たとえ、それが遥かなる鉄路の果てでも。

主要参考文献

・『大いなる海へ』ハーモン・タッパー／鈴木主税・訳／フジ出版社／1971年
・『シベリア鉄道紀行史 アジアとヨーロッパを結ぶ旅』和田博文／筑摩選書／2013年
・『シベリア鉄道 洋の東西を結んだ一世紀』藤原浩／東洋書店／2008年
・『シベリア鉄道9300キロ』蔵前仁一／旅行人／2008年
・『シベリア鉄道9400キロ』宮脇俊三／角川文庫／1985年
・『日本鉄道史 大正・昭和戦前篇』老川慶喜／中公新書／2016年
・『将軍様の鉄道 北朝鮮鉄道事情』国分隼人／新潮社／2007年
・『シベリアの悪夢（上）』引揚体験集編集医院会・編／図書刊行会／1981年
・『シベリア抑留兵 よもやま物語』斎藤邦雄／光人社NF文庫／2006年
・『続シベリア抑留兵 よもやま物語』斎藤邦雄／光人社／1988年
・『検証 シベリア抑留』白井久也／平凡社新書／2010年
・『写真に見る鉄道連隊』高木宏之／光人社／2011年
・『日本陸軍鉄道連隊写真集』高木宏之／潮書房光人社刊／2015年
・『日清・日露戦争』原田敬一／岩波新書／2007年
・『日の丸は紅い泪に』越定男／教育史料出版会／1983年
・『ドキュメント 太平洋戦争への道』半藤一利／PHP文庫／1999年
・『ソ連が満洲に侵攻した夏』半藤一利／文春文庫／2002年
・『あの戦争と日本人』半藤一利／文春文庫／2013年
・『図説 満洲帝国』太平洋戦争研究会／ふくろうの本／河出書房新社／2010年
・『図説 満鉄「満洲」の巨人』西澤泰彦／ふくろうの本／河出書房新社／2015年
・『増補 学び舎中学歴史教科書ともに学ぶ人間の歴史』子どもと学ぶ教科書の会／学び舎／2016年
・『地球の歩き方 シベリア&シベリア鉄道とサハリン 2015〜2016年』「地球のあるき方」編集室
・『地球の歩き方 大連 瀋陽 ハルビン 2015〜2016年』「地球のあるき方」編集室
・『石橋湛山評論集』松尾尊兊・編／岩波文庫／1984年
・『日本の「総理大臣」がよくわかる本』御厨貴・監修／レッカ社・編著／PHP文庫／2009年
・『石油で読み解く「完敗の太平洋戦争」』岩間敏／朝日新書／2007年
・『日本軍はなぜ満洲大油田を発見できなかったのか』岩瀬昇／文藝春秋／2016年
・『「南京事件」を調査せよ』清水潔／文春文庫／2016年
・『日本の要塞 忘れられた帝国の城塞』学習研究社／2003年
・『アウシュヴィッツ博物館案内』中谷剛／凱風社／2012年

清水 潔《しみず きよし》

1958年東京都生れ。ジャーナリスト。日本テレビ報道局記者／特別解説委員、早稲田大学ジャーナリズム大学院非常勤講師など。新聞社、出版社にカメラマンとして勤務の後、新潮社「FOCUS」編集部記者を経て日本テレビ社会部へ。雑誌記者時代から事件・事故を中心に調査報道を展開。著書に『桶川ストーカー殺人事件――遺言』（「編集者が選ぶ雑誌ジャーナリズム賞」「JCJ大賞」受賞）、『殺人犯はそこにいる――隠蔽された北関東連続幼女誘拐殺人事件』（「新潮ドキュメント賞」「日本推理作家協会賞」受賞）などがある。また、著書『「南京事件」を調査せよ』の元となるNNNドキュメント'15「南京事件――兵士たちの遺言」は「ギャラクシー賞優秀賞」「平和・協同ジャーナリスト基金賞奨励賞」などを受賞。

鉄路の果てに
2020年5月21日　第1刷発行
著者　清水潔
発行者　鉄尾周一
発行所　株式会社マガジンハウス
〒104-8003 東京都中央区銀座3-13-10
書籍編集部　☎03-3545-7030
受注センター　☎049-275-1811
印刷・製本所　大日本印刷株式会社

ISBN978-4-8387-3097-1 C0095